KB094023

밥 딜런 Bob Dylan

1960's 어쿠스틱 기타와 하모니카를 든 저항과 젊음의 상징

포크 음악에 빠져 대학 중퇴 후 가수의 꿈을 품고 뉴욕 그리니치빌리지에
정착한다. 그곳 예술가들과 교류하는 한편, 잭 케루악, T. S. 엘리엇, 윌리엄
블레이크 같은 시인들의 영향 아래 싱어송라이터로 성장한다. 「불어오는
바람 속에」를 비롯해 직접 쓴 저항의 시를 거친 목소리로 뱉어내는 모습이
미국의 젊은 세대를 사로잡는다. 60년대 중반, 저항가수라는 칭호가 새로
운 음악적 시도를 구속한다고 느껴 내면의 목소리에 더욱 귀기울인다. 이
후 포크록이라는 새 페르소나로 무장하고 또다른 경계를 넘는다.

1970's 상업적 성공 속에서도 멈추지 않는 음악적 변모

영화감독 샘 페킨파와 계약하고 「천국의 문을 두드려요」를 탄생시킨다.
1974년 1월에 발표한 앨범 《플래닛 웨이브스》가 연말까지 60만 장의 판매
고를 올렸고, 이듬해에는 은둔하며 작업했던 곡들을 집대성한 《비정규 앨
범》을 정식 발매한다.

1980's 엇갈리는 평단의 반응 속에 '네버 엔딩 투어' 시작

자신의 음악적 뿌리였던 포크와 블루스로 돌아간다. 1988년 '더 그레이트
풀 데드'와 공연하며 영감을 얻어 끝나지 않는 공연 프로젝트인 '네버 엔딩
투어'를 시작한다. 투어는 향후 20년간 2500회가 넘는 공연 기록을 세운다.

1990~2000's 거장에게 쏟아지는 수상의 영광들

평단과 대중의 평가를 초월해 쉼 없이 앨범을 발표하며 존재 자체로 전설
이 된다. 약 60년간 발표한 앨범들은 1억 장 이상 팔렸으며, 그간의 공로를
인정받아 무수한 수상의 영예를 안는다. 각 부문을 통틀어 그래미상 열세
차례, 아카데미상, 골든글로브상, 로큰롤 명예의전당 전설상, 퓰리처상 등
을 받았고, 빌 클린턴 대통령으로부터 '케네디센터 명예 훈장'을, 버락 오
바마 대통령으로부터 '대통령 자유 훈장'을 받았다. 그리고 2016년 "귀로
읽는 시(詩)"라는 찬사와 함께 노벨문학상을 수상했다.

밥 딜런 시선집 2

하루 더 많은 아침

THE LYRICS: 1961-2012/BOB DYLAN
by Bob Dylan

Copyright ⓒ 2004, 2014, 2016 by Bob Dylan
Korean translation copyright ⓒ 2017 Munhakdongne Publishing Corp.
All rights reserved.
This Korean edition is published by arrangement with The Wylie Agency Ltd.

이 책의 한국어판 저작권은
The Wylie Agency Ltd. 와 독점 계약한 (주)문학동네에 있습니다.
저작권법에 의하여 한국 내 보호를 받는 저작물이므로
무단 전재와 무단 복제를 금합니다.

이 도서의 국립중앙도서관 출판예정도서목록(CIP)은
서지정보유통지원시스템 홈페이지(http://seoji.nl.go.kr)와
국가자료공동목록시스템(http://www.nl.go.kr/kolisnet)에서 이용하실 수 있습니다.
(CIP제어번호: CIP2017026875)

BOB DYLAN   THE LYRICS 1961-2012

밥 딜런
시선집 2

하루 더 많은 아침

One Too Many Mornings

서대경·황유원 옮김

문학동네

일러두기
1. 이 책은 『밥 딜런: 시가 된 노래들 1961–2012』(영한대역 특별판)에서 56편의
작품을 골라 엮은 것이다.
2. 주석은 모두 옮긴이주다.
3. 인명, 지명 등 외래어는 국립국어원의 외래어표기법을 따랐으나 일부는 관습
표기를 존중했다.

차례

뉴욕 토킹블루스*

황량한 서부 떠돌아다니며
내 가장 사랑하는 도시들 떠나오며
그동안 보아왔다 생각했지, 인생의 오르막과 내리막을
그랬다네, 뉴욕에 오기 전까지,
사람들 지하로 내려가고
빌딩들 하늘 향해 솟아오르는 그곳

뉴욕에서의 겨울날들
눈보라는 휘몰아치는데
갈 곳 없이 돌아다녔지
누군가는 뼛속까지 얼어붙었을지도 몰라
그래, 내가 바로 그랬으니까
〈뉴욕타임스〉에서는 십칠 년 만의 최고 한파라고
떠들어댔지만
그때 난 그리 추운 줄도 몰랐지

몸은 낡은 기타 위로 흔들리고
지하철 손잡이 꼭 붙잡았지
흔들흔들 덜컹덜컹 지하철 타고서
그리니치빌리지 쪽
다운타운에 내렸지

길 따라 걸어가다 마침내
한 커피하우스에 들어갔지

무대에 올라 노래하고 연주했어
그러자 거기 사람이 말했네, "다음에 또 와주게
자넨 힐빌리** 스타일 음악을 하는군
우린 포크송 가수가 필요하다네"

음, 하모니카 반주자 자리를 얻었네, 그렇게
시작했네, 보수는 하루 1달러, 허파가 터져라 불어댔지
속이 뒤집어지도록 하모니카 불었네
거기 사람은 내 소리가 마음에 든다고 했어
입에 침이 마르도록 칭찬했지, 하루 1달러짜리
연주로는 꽤나 좋다고

그렇게 몇 주 또 몇 주 카페를 드나든 끝에
뉴욕 시내에서 더 큰 무대,
더 많은 보수 받는 자리 구했지
심지어 협회에도 가입하고 회비까지 냈다네
그런데 한번은 어느 아주 훌륭한 양반이 내게 말했지
펜대 굴리는 인간들이 자넬 털어먹을 거야
얼마 지나지 않아 그 양반 말씀이
무슨 뜻인지 알게 되었네
테이블 위에 먹을 건 얼마 없고, 포크와 나이프만
잔뜩 있는 인간들, 그걸로 무엇이든 잘라야 직성 풀리는
인간들이 떼거리로 있었지

그래서 햇빛 따사로운 어느 날 아침
나는 뉴욕을 떠났네
눈 아래로 깊숙이 모자 눌러쓰고
서부 하늘 있는 곳 향해 출발했지
잘 있거라, 뉴욕이여
만나서 반가워, 이스트오렌지여

* 포크송의 한 형식으로, 자유로운 리듬에 푸념 섞인 이야기를 늘어놓는 노래.
** 미국 애팔래치아산맥 지방의 농민들 사이에서 불리던 민요. 컨트리음악의 전신이라
할 수 있다.

우디*에게 바치는 노래

나 여기 내 고향에서 천 마일 떨어진 곳에 와 있어요
타인들 지나다니는 길 걸으며
당신의 세상 속 사람들, 풍경들
거지들, 농부들, 왕자와 왕들을 보고 있어요

이봐요, 이봐요, 우디 거스리, 당신을 위해 노래 하나 썼어요
내 눈앞에 펼쳐지는 이 우습고 낡은 세상에 대한 노래,
이 세상은 아프고, 굶주리고, 지치고, 찢긴 듯 보여요
죽어가고 있는 것도 같고 아직 채 태어나지 않은 것도
같아요

이봐요, 우디 거스리, 하지만 난 알아요 당신이 알고 있다는
것을
내가 지금 이야기하는 것들을, 그리고 그보다 훨씬 더 많은
것들을
당신을 위해 노래 부르고 있어요, 하지만 성에 차지가 않네요
당신이 해온 것과 같은 걸 하는 사람은 많지 않거든요

시스코와 소니, 그리고 레드 벨리**를 위해 건배
그리고 당신과 함께 여행했던 그 모든 좋은 사람들을 위해
먼지와 함께 왔다 바람과 함께 사라진***
그들의 심장과 손을 위해 건배

난 내일 이곳을 떠나요, 아니, 오늘이라도 떠날지 모르죠

저 길 따라, 또다른 날, 또다른 어딘가로
그리고 마지막으로 바람이 있다면, 나 역시도
나름대로 고된 여행****을 해왔노라고 말하고 싶어요

* 미국의 포크 싱어송라이터. 밥 딜런에게 큰 영향을 끼쳤다(1912~1967).
** 모두 밥 딜런에게 영향을 끼친 동시대의 뮤지션들.
*** 우디 거스리의 노래 〈Pastures of Plenty〉의 한 구절.
**** 우디 거스리의 노래 〈Hard Travelin'〉.

불쌍한 소년의 블루스

음, 말해줘요, 엄마
지난밤엔 어디서 주무셨어요?
내 흐느끼는 소리가 들리지 않나요?
흠, 흠, 흠

이봐요, 말해봐요, 그대
대체 무슨 일이죠?
내 흐느끼는 소리가 들리지 않나요?
흠, 흠, 흠

어이, 거기 서, 고물 기차
가난한 소년도 탈 수 있게 해줘
내 흐느끼는 소리가 들리지 않니?
흠, 흠, 흠

이봐요, 바텐더 씨
맹세해요, 나 그렇게 어리지 않다고요
내 흐느끼는 소리가 들리지 않나요?
흠, 흠, 흠

호루라기를 불어요, 경찰 아저씨
불쌍한 내 발은 뛰는 데 이골이 났으니
내 흐느끼는 소리가 들리지 않나요?
흠, 흠, 흠

장거리 전화교환수님
이 통화는 공짜라고 들었는데요
내 흐느끼는 소리가 들리지 않나요?
흠, 흠, 흠

재와 다이아몬드
난 그 둘이 뭐가 다른지 모르겠어
내 흐느끼는 소리가 들리지 않나요?
흠, 흠, 흠

판사님, 그리고 배심원님
제 처지가 어떤지 모르시겠어요?
내 흐느끼는 소리를 듣지 않는군요
흠, 흠, 흠

미시시피강아
너의 물살이 내겐 지나치게 빠르구나
내 흐느끼는 소리가 들리지 않니?
흠, 흠, 흠

오랫동안 떠나 돌아가지 않으리

부모님은 날 애지중지 키우셨어
내가 유일한 아들이었으니까
마음에 방랑기 싹틀 때
여전히 난 어린 나이였지
열두 살 하고도 한 살 더 먹었을 때
처음으로 집 떠났지
난 오랜 뒤에 돌아갈 거예요, 엄마
오랫동안 떠나 돌아가지 않을 거예요

텍사스 서부에서
텍사스 평원에서
일 구하러 다녔지
하지만 사람들은 내가 너무 어리다고 했어
"집에나 가거라!" 그 말에
내 눈동자는 타올랐지
난 오랜 뒤에 돌아갈 거예요
오랫동안 떠나 돌아가지 않을 거예요

기억하네, 카니발 기차 타고
여기저기 떠돌던 시절
다른 도시들, 다른 사람들
그런데 왠지 다들 똑같아 보였지
제일 또렷이 떠오르는 건 아이들의 얼굴
기억하네, 끝없이 이어지던 여행을

난 오랜 뒤에 돌아갈 거야
오랫동안 떠나 돌아가지 않을 거야

한번은 어여쁘고 어린 아가씨를 사랑했지
그녀 향한 마음 너무 커 외려 표현하지 못했네
그녀에게서 단 한 번 상처받는 건
열 번 혹은 열두 번 상처받는 것과 마찬가지
나는 홀로 걸으며 혼잣말을 했지
아무와도 말하지 않았지
난 오랜 뒤에 돌아갈 거야, 그대여
오랫동안 떠나 돌아가지 않을 거야

차를 얻어 타려고
숱하게 고속도로 위에 서 있었지
핏발 선 눈으로, 이를 악물고서
나를 지나쳐가는 차들을 지켜보았지
머릿속에는 텅 빈 공기뿐
하루종일 생각하고 생각했지
난 오랜 뒤에 돌아갈 거야
오랫동안 떠나 돌아가지 않을 거야

당신도 어느 교차로에서 봤을지 모르지
길을 건너가는 내 모습을
당신이 바라던 모습으로 나를 기억해줘

내가 당신의 시야에서 사라져갈 때
하지만 난 그런 걸 생각하고 있을 시간이 없어
내겐 해야 할 일이 너무 많으니까
그러니까, 난 오랜 뒤에 돌아갈 거야
오랫동안 떠나 돌아가지 않을 거야

내가 말이나 노래로
누군가를 도울 수 없다면
잘못된 길로 가고 있다고
누군가에게 알려줄 수 없다면
하지만 난 예언자가 아닌걸
예언자의 아들도 아니지
난 그저, 오랜 뒤에 돌아갈 거야
오랫동안 떠나 돌아가지 않을 거야

그래 넌 외모가 아름다울 수도 있지
그건 얄팍하고 거짓만을 말할 뿐이야
네겐 젊음이 있는지도 모르지
그건 네 눈앞에서 서서히 시들어갈 거야
그러니 내겐 나의 것을 줘,
이런 문구가 선명히 새겨진 나의 묘비를
"오랜 뒤에 돌아가리
오랫동안 떠나 돌아가지 않으리"

북쪽 나라의 소녀

있잖아, 만일 당신이 국경에 세찬 바람 휘몰아치는
북쪽 나라의 축제를 찾는다면
거기 사는 이에게 내 안부를 전해줘
한때 그녀는 나의 진정한 사랑이었네

있잖아, 만일 당신이 눈발 휘몰아치고
강은 얼어붙고 여름은 끝난 시절에 그곳에 간다면
부디 그녀가 따뜻한 코트를 입고 있는지를 좀 봐줘
그녀가 울부짖는 바람으로부터 몸을 피할 수 있는지를

부디 날 위해 보아줘, 그녀가 머리를 길게 길렀는지
머리가 길게 흘러내려 그녀의 가슴까지 가닿는지를
부디 날 위해 보아줘, 그녀가 머리를 길게 길렀는지
그게 내가 기억하는 그녀의 최고의 모습이니까

궁금해, 그녀가 날 기억하기는 하는지
몇 번이나 나는 자주 기도하곤 했다네
밤의 어둠 속에서
낮의 환함 속에서

그러니 만일 당신이 국경에 세찬 바람 휘몰아치는
북쪽 나라의 축제를 찾는다면
거기 사는 이에게 내 안부를 전해줘
한때 그녀는 나의 진정한 사랑이었네

고속도로를 따라

이봐, 난 고속도로를 따라 걷고 있어
손에 여행가방을 든 채로
그래, 난 고속도로를 따라 걷고 있다고
손에 여행가방을 든 채로
이런, 나는 내 사랑이 정말 그리워
그녀는 어디 멀리 떨어진 곳에 있다네

이봐, 너의 거리가 점점 텅 비어가고 있어
이런, 너의 고속도로가 점점 붐비고 있어
너의 거리가 점점 텅 비어가고 있고
너의 고속도로가 점점 붐비고 있다고
글쎄, 그 여자를 이렇게 사랑하다간
분명 난 죽고 말 거야

글쎄, 난 너무 오랜 세월 도박을 해왔어
세상에, 이젠 더 잃을 것도 없지
그래, 난 너무 오랜 세월 도박을 해왔어
세상에, 이젠 더 잃을 것도 없다네
당장 난 사는 게 힘드니
제발 고속도로에서 신는 내 신발을 빼앗아가지 마

글쎄, 난 분명 운이 좋을 거야, 자기야
그게 아니라면 애만 쓰다 죽고 말겠지
그래, 난 꼭 운이 좋을 거야, 자기야

세상에, 아니 세상에, 난 애만 쓰다 죽고 말 게 분명해
이봐, 바다 한가운데서 나랑 만나
그리고 우린 이 지겨운 고속도로를 떠날 거야

이봐, 바다가 내 사랑을 데려갔어
내 연인은 내 마음을 훔쳐갔지
그래, 바다가 내 사랑을 데려갔어
내 연인은 내 마음을 훔쳐갔지
그녀가 그걸 모두 여행가방에 싸버렸네
이런, 그녀가 그걸 들고 가버렸네 이탈리아로, 이탈리아로

그래서 난 너의 고속도로를 걷고 있어
별로 좋지도 않은 내 눈으로 볼 수 있는 한 멀리
그래, 난 너의 고속도로를 걷고 있어
내 두 눈으로 볼 수 있는 한 멀리
금문교에서
저 먼 자유의 여신상까지

너무 깊이 생각하지 마, 괜찮아

앉아서 고민해봤자 아무 소용 없어, 그대여
어차피 아무 상관도 없으니
앉아서 고민해봤자 아무 소용 없다니까, 그대여
만일 아직도 모르겠다면
동틀 무렵 너희 집 수탉이 울 때
창밖을 바라봐, 그럼 이미 난 떠났을 거야
바로 너 때문에 난 떠나는 거라고
너무 깊이 생각하지 마, 괜찮아

불을 켜봤자 아무 소용 없어, 그대여
그 불을 나는 전혀 알지 못하니
불을 켜봤자 아무 소용 없다니까, 그대여
난 그 길 어두운 쪽에 서 있어
여전히 네가 무얼 하거나 말해주길 바라고 있어
내 마음을 되돌려서 날 머물게 해주기를
어쨌거나 우린 그렇게 많은 대화를 나누지도 않았잖아
그러니 너무 깊이 생각하지 마, 괜찮아

내 이름 불러봤자 아무 소용 없어, 자기야
마치 한 번도 안 불러봤다는 듯 그렇게
내 이름 불러봤자 아무 소용 없다니까, 자기야
네 목소린 더이상 들리지 않아
길을 걷는 내내 생각하고 또 고민하지
한때 난 한 여자를 사랑했고, 그녀는 날 아이라고 했지

난 그녀에게 내 마음을 바치지 하지만 그녀는 내 영혼을
원했어
　하지만 너무 깊이 생각하지 마, 괜찮아

　난 저 길고 외로운 길을 걸어가고 있어, 그대여
　어디로 가는지는 말해줄 수 없어
　하지만 '안녕'은 너무 좋은 말이야, 자기야
　그러니 그냥 난 '잘 있어'라고만 할게
　네가 딱히 모질게 굴었다는 건 아니야
　더 잘할 수도 있었겠지, 하지만 난 상관없어
　너 때문에 그저 내 소중한 시간을 좀 낭비해버린 것 같네
　하지만 너무 깊이 생각하지 마, 괜찮아

밥 딜런의 꿈

기차를 타고 서쪽을 향해 가는 동안
잠시 좀 쉬려고 잠을 청했지
날 슬프게 하는 꿈을 꾸었어
나 자신, 그리고 내가 처음 사귀었던 몇몇 친구들에 대한
꿈을

반쯤 젖은 눈으로 난 방을 쳐다봤어
친구들과 내가 함께 수많은 오후를 보냈던 방을
우리 함께 수많은 태풍을 헤쳐나간 곳이었지
이른 아침이 올 때까지 웃고 노래하면서

우리들 모자가 걸려 있던 낡은 난롯가에서
우린 얘기했고 우린 노래했지
그곳에서 우린 아무것도 바라지 않았고, 또 꽤나 만족했어
바깥세상에 대해 떠들고 농담을 던지며

여름과 겨울 내내 걱정 가득한 마음으로
우린 우리가 늙어갈 거라곤 생각도 못했지
우린 우리가 영원히 즐겁게 앉아 있을 줄로만 알았어
하지만 그럴 가능성은 백만분의 일이었지

흑과 백을 쉽게 구분했던 것만큼이나
옳고 그름도 아주 손쉽게 구분했었지
우리의 선택지는 몇 개 없었네 그리고 그런 생각을 해본

적도 전혀 없었지
  우리가 여행하는 하나의 길이 영영 흩어지고 갈라질
거라고는 말이야

  얼마나 많은 세월이 흐르고 지나가버렸는지
  그리고 얼마나 많은 도박에서 잃고 땄는지
  얼마나 많은 길을 그 많은 친구들이 걸었었는지
  그리고 난 그 모두를 두 번 다시 보지 못했네

  난 소망하고 소망하고 또 소망하지, 아무 보람도 없이
  그저 그 방에 우리가 다시 앉을 수 있기를
  난 당장 만 달러라도 낼 수 있다네
  기쁜 마음으로 다 줘버릴 거야, 우리들 삶이 그렇게 될 수만
있다면

홀리스 브라운의 발라드

홀리스 브라운
그는 도시 바깥에 살았지
홀리스 브라운
그는 도시 바깥에 살았지
아내와 다섯 아이들과 함께
다 무너져가는 오두막집에서

당신은 일감과 돈을 구하러
바위투성이 먼길을 걸었지
당신은 일감과 돈을 구하러
바위투성이 먼길을 걸었지
당신의 아이들은 너무 배가 고파서
웃는 법을 모르지

당신 아이들의 눈빛이 미쳐 보여
그애들은 당신의 소매를 잡아당기고
당신 아이들의 눈빛이 미쳐 보여
그애들은 당신의 소매를 잡아당기고
당신은 바닥을 걸으며 왜냐고 묻지
숨쉬는 매 순간마다

쥐들이 당신의 밀가루를 먹었지
나쁜 피가 당신의 암말을 먹었지
쥐들이 당신의 밀가루를 먹었지

나쁜 피가 당신의 암말을 먹었지
누구라도 아는 이 있다면
관심 가져줄 누구라도 있을지?

당신은 저 위의 그분에게 기도했지
오 제발 제게 친구를 보내주소서
당신은 저 위의 그분에게 기도했지
오 제발 제게 친구를 보내주소서
당신의 텅 빈 주머니가 당신에게 말하지
어떤 친구도 얻을 수 없을 거라고

아이들은 더 크게 울고
당신의 머리는 지끈지끈 아파오지
아이들은 더 크게 울고
당신의 머리는 지끈지끈 아파오지
아내의 고함소리는 당신을 찌르지
거세게 휘몰아치는 빗줄기처럼

당신의 목초는 검게 변해가고
당신의 우물은 바싹 말랐지
당신의 목초는 검게 변해가고
당신의 우물은 바싹 말랐지
당신은 마지막 남은 1달러로
엽총용 총알 일곱 개를 샀지

저멀리 황무지에서는
코요테의 차가운 울음소리
저멀리 황무지에서는
코요테의 차가운 울음소리
당신의 눈은 벽에 걸린
엽총에 붙박여 있지

당신의 머리에서 피가 흐르고 있지
당신의 다리는 설 수 없을 것 같아
당신의 머리에서 피가 흐르고 있지
당신의 다리는 설 수 없을 것 같아
당신의 눈은 당신 손에 들린
엽총에 붙박여 있지

오두막 입구에 이는
일곱 번의 미풍
오두막 입구에 이는
일곱 번의 미풍
거친 바다의 울부짖음 같은
일곱 번의 총성 울렸지

사우스다코타의 어느 농장에는
일곱 명의 죽은 사람들

사우스다코타의 어느 농장에는
일곱 명의 죽은 사람들
멀리 떨어진 어딘가에는
새로 태어난 일곱 명의 사람들

하루 더 많은 아침

거리 저편에서 개들이 짖고
날은 어두워지고 있어
이제 밤이 내리면
개 짖는 소리도 잠잠해지겠지
그리고 고요한 밤은 내 마음속
소리들로 산산이 부서질 거야
왜냐하면 나는 하루 더 많은 아침에
천 마일 뒤에 머물러 있기에

문간 교차로 쪽으로 향해 있던
나의 눈은 흐려지기 시작하지
내 사랑과 내가 누워 있던
방안으로 고개 돌릴 때
그리고 난 다시 거리를 바라봐
인도와 표지판을
그리고 난 하루 더 많은 아침에
천 마일 뒤에 머물러 있기에

불안하고 허기진 기분
아무도 없고 모든 게 쓸모없다는 의미는 아니야
내가 무엇에 대해서 말하든
넌 그걸 그저 좋다고 말할 수 있어
넌 너의 입장에서 옳아
난 나의 입장에서 옳지

우린 그저 저마다 하루 더 많은 아침에
천 마일 뒤에 머물러 있기에

스페인산 가죽 부츠

오, 나는 배를 타고 떠나가요, 내 진정한 사랑
아침에 나는 떠나가요
저 바다 건너 발 디딜 그곳에
당신께 보내드릴 뭔가가 있을까요?

아니요, 그 무엇도 보내줄 것 없어요, 내 진정한 사랑
갖고 싶은 것 전혀 없어요
그저 당신 몸 성히 내게 돌아와줘요
저 외로운 바다 건너서

오, 난 그저 당신이 아름다운 것 갖고 싶어할지 모른다
생각했죠
은이나 금으로 된
마드리드의 산맥이나
바르셀로나의 해안에서 나는 어떤 것을

오, 내게 칠흑 같은 밤하늘의 별 있다 해도
가장 깊은 바다에서 난 다이아몬드 있다 해도
당신의 달콤한 입맞춤 받을 수 있다면 얼마든지 버릴 수
있어요
내가 바라는 것 오직 그뿐이랍니다

나는 오래 떠나 있을지 몰라요
그래서 이렇게 묻는답니다

당신께 보내드릴 뭔가가 있을까요, 나를 기억하게 해줄
당신의 시간 수월히 지나가게 해줄

오 어째서, 어째서 또 물으시나요
그런 건 내게 슬픔만 가져다줄 뿐이에요
오늘 당신에게 바라는 것을
난 내일도 똑같이 바라게 될 거예요

어느 쓸쓸한 날 편지 한 통 받았죠
그녀가 탄 배에서 날아온 것이었죠
언제 다시 돌아갈지 모른다고 썼죠
그건 그녀의 기분에 달려 있다고

그래요, 내 사랑, 정녕 당신 생각이 그러하다면
당신의 마음은 정처 없이 떠돌고 있는 거군요
당신의 심장은 내가 아닌
당신이 닿을 그 고장 곁에 있는 거군요

그럼 부디, 조심하세요, 조심하세요, 서쪽의 바람을
폭풍우 이는 궂은 날씨를
그래요, 이제 갖고 싶은 게 생각났어요, 제게 보내주세요
스페인 가죽으로 지은 스페인산 부츠를

난 잘하고 있는 것 같아

음, 내겐 유년 시절이 없었어
한때 알던 친구조차 없었지
아니, 내겐 유년 시절이 없었어
한때 알던 친구조차 없었지
하지만 난 내 목소리를 지켰어
나 가는 곳 어디든 데리고 다닐 수 있지
이봐, 이봐, 그러니까 난 잘하고 있는 것 같아

내겐 돈이 많은 적 없었어
하지만 난 어쨌든 살아 있지
아니, 내겐 돈이 많은 적 없었어
하지만 난 어쨌든 살아 있지
여러 번 나는 방향을 틀었지
하지만 한 번도 머리 숙인 적은 없어
이봐, 이봐, 그러니까 난 잘하고 있는 것 같아

괴로움, 오 괴로움
내 마음엔 괴로움이 있지
괴로움, 오 괴로움
내 마음의 괴로움
하지만 세상의 괴로움은, 오 하느님
나의 괴로움보다 훨씬 더 크거든
이봐, 이봐, 그러니까 난 잘하고 있는 것 같아

나는 한 번도 군대를 거느린 적 없지
내 명령에 따라 움직이는
아니, 내겐 어떤 군대도 없어
내 명령에 따라 움직이는
하지만 내겐 군대가 필요 없어
대신 내겐 좋은 친구 하나 있지
이봐, 이봐, 그러니까 난 잘하고 있는 것 같아

난 차이고 채찍질당하고 짓밟혔지
난 총에 맞았지 바로 당신처럼
난 차이고 채찍질당하고 짓밟혔지
난 총에 맞았지 바로 당신처럼
하지만 세상이 계속 변해가는 한
나 역시 계속 변해가고 있을 뿐
이봐, 이봐, 그러니까 난 잘하고 있는 것 같아

음, 나 가는 길 바위투성이인지도 몰라
돌들에 얼굴이 베일지도 모르지
나 가는 길 바위투성이인지도 몰라
돌들에 얼굴이 베일지도 모르지
하지만 걸어갈 길조차 없는 사람들도 있어
그들은 똑같은 오래된 장소에 붙박여 살아가야 하지
이봐, 이봐, 그러니까 난 잘하고 있는 것 같아

검은 까마귀 블루스

난 아침에 일어나, 헤매었네
술에 절어 기진맥진한 상태로
난 아침에 일어나, 헤매었지
술에 절어 기진맥진한 상태로
오래전 나를 떠난 연인이
내게 걸어와주길, 말이라도 걸어주길
대체 왜 그랬는지 말해주길 바라며 말이야

난 샛길에 서 있었네
광고판 덜컹이는 소릴 들으며
난 샛길에 서 있었지
광고판 덜컹이는 소릴 들으며
글쎄, 내 손목엔 아무것도 없었지만
내 정신은 아주 말짱했어
시계처럼 째깍째깍

만일 내게 네가 필요한 일이 있다면, 그대여
내가 먼저 말해줄게
만일 내게 네가 필요한 일이 있다면, 그대여
내가 먼저 말해주겠다니까
언제 한번 내게 와도 돼
밤이든, 낮이든
언제든지 네가 원하면

때로 난 생각하네, 떨어지기엔 내가
너무 높이 있는 게 아닌가 하고
때로 난 생각하지, 떨어지기엔 내가
너무 높이 있는 게 아닌가 하고
다른 때엔 또 생각해, 내가
너무 낮은 데 있어서 잘 모르겠다고
올라가기나 할 수 있을는지 말이야

목초지에 검은 까마귀들이 있네
넓은 고속도로 너머
목초지에 검은 까마귀들이 있네
넓은 고속도로 너머
비록 그게 웃기긴 해도, 자기야
오늘 난 별로
허수아비 같은 기분은 들지가 않네

너를 믿지 않아
(그녀는 우리가 한 번도 만난 적 없다는 듯이 구네)

이해할 수가 없네
그녀가 내 손을 놓아버렸지
그리고 벽 앞에 날 남겨두었어
정말이지 알고 싶어
그녀가 왜 떠났는지를
하지만 그녀에게 전혀 다가갈 수가 없어
비록 우리가 타오르는 밤 내내 키스했고
그녀도 절대 잊지 않을 거라 말했지만
이제 아침이 밝았고
난 여기 없는 것만 같아
그녀는 우리가 한 번도 만난 적 없다는 듯이 굴고

그 모든 게 너무 낯설기만 해
무슨 수수께끼처럼
심지어 신화라고 해도 되겠어
허나 생각해내기가 어려워
그녀가 나와 지난밤을 함께했던
바로 그 사람이라는 걸
어둠 속에서, 꿈은 버림받지
내가 아직도 꿈을 꾸고 있는 건가?
그녀가 한 번이라도 입을 열고
말했으면 좋겠네
우리가 한 번도 만난 적 없다는 듯이 구는 대신

만일 몸이 안 좋은 거라면
왜 그렇다고 말하질 않고
대신 내 면전에서 등을 돌리는 걸까?
의심의 여지 없이
그녀는 너무 멀리 가버린 것 같아
다시 쫓아가기엔
비록 밤은 정신없이 빙그르르 지나갔지만
나는 아직도 그녀의 속삭임을 기억해
하지만 분명 그녀는 그렇지 않을 테지
그리고 분명 그녀는 그러려고 하지도 않을 거야
그녀는 우리가 한 번도 만난 적이 없다는 듯이 굴고

만일 내가 분명히 알고 있는 거라면
나는 기쁜 마음으로 고백하겠어
내가 했을지도 모를 모든 일들을
만일 내가 그녀와 너무 오래 있었다거나
뭔가 잘못을 저질렀다면
내게 그걸 말해줬으면 좋겠어, 난 도망가서 숨을 테니
비록 기타가 연주되는 동안 그녀의 치마는 흔들렸지만
그녀의 입은 축축이 젖어 있었지
하지만 이제 뭔가가 변했지
그녀는 예전 같지 않으니까
그녀는 우리가 한 번도 만난 적이 없다는 듯이 굴고

나는 오늘 떠나
내 길을 갈 거야
어디로 가는지는 자세히 말할 수 없지
하지만 네가 그래주길 원한다면
나도 너처럼 굴 수 있어
그리고 서로 한 번도 만진 적 없다는 듯 굴어줄 수 있지
그리고 만일 누가 내게
"잊기가 쉬운가요?" 하고 묻는다면
난 말하겠지, "아주 쉽죠
그냥 아무나 한 명 고른 다음
한 번도 만난 적 없다는 듯이 구세요!"

소박한 D장조 발라드

한때 한 여자를 사랑했네, 구릿빛 피부의 여자였지
양의 순수함을 지닌 그녀는 새끼 사슴처럼 부드러웠네
나는 당당하게 구애했지만 이제 그녀는 떠나버렸어
계절이 지나가듯 사라져버렸네

초여름의 산들바람이 불어오는 동안, 난 그녀를 차지했지
그녀의 어머니와 언니로부터, 비록 그들은 가까이에
머물렀지만
그들 모두 자신들의 실패한 삶으로 고통받고 있었지
그들은 죄책감의 끈으로 우릴 가르치려고 애를 썼다네

자매 중, 난 어린 쪽을 사랑했어
감성적인 직감을 타고난, 그녀는 창의적인 사람이었지
영원한 희생양이었어, 그녀는 곧잘 망해버렸지
주변 사람들의 질투 때문에 말이야

그녀의 기생충 같은 언니를, 난 전혀 존중하지 않았어
자신의 권태와 지켜야 할 자존심에 얽매여서
그녀는 이면의 수많은 모습들을 드러내며
자신이 몸담은 곳과 자신의 사회를 위한 버팀목으로
써먹었지

나 자신도 내가 저질렀던 일들로 용서받을 순 없어
내가 겪고 있었던 변화들도 변명거리는 될 수 없어

꿈에 그리던 인생의 연인을 잃지 않으려는 바람으로
내가 그녀에게 했던 거짓말들에 대해

무의식적으로, 내 손아귀에 넣어버렸네
멋진 맨틀피스* 하나를, 비록 그 마음은 깨졌지만
내가 이미 과오를 저지르고 말았다는 걸 알지 못했지
사랑의 잘못된 안도감을 느껴버린 과오를

윤곽만 드러낸 분노에서 가공된 평화에 이르기까지
허무한 대답들, 공허한 목소리들
그 훼손된 묘비에 오직 비문만이 남아 내게 질문할 때까지
"제발, 대체 뭐가 잘못됐고 정확히 뭐가 문제인 거야?"라고

그리고 마치 예견될 수도 있었다는 듯 그 일은 일어났네
환상이 꾸는 꿈의 영원한 폭발
밤의 절정에 다다랐을 때, 왕과 여왕은
굴러떨어져 산산조각이 났다네

"비극의 주인공!" 그녀의 언니는 소리쳤지
"동생을 가만히 내버려둬, 망할 놈아, 가버리라고!"
그리고 난 갑옷을 입은 채 뒤돌아보며
그녀의 옹졸함의 잔해들에 못을 박았네

벌거벗은 백열전구 아래서 회반죽을 두들겼어

그녀의 언니와 난 전쟁터에서 서로 소리쳤고
사이에 낀 채, 그 소리의 피해자가 된 그녀는
곧 자신의 그림자 아래에서 아이처럼 산산이 부서져버렸지

모든 게 사라졌어, 다 끝났어, 인정해, 달아나라고
난 두 번 익살을 떨었네, 눈물이 두 배로 눈앞을 가렸지
내 마음은 난도질당했고, 난 밤 속으로 달려갔어
사랑의 재들을 모두 뒤로 남겨둔 채

바람이 창문을 두들기네, 방은 젖어 있지
무슨 말로 사과해야 할진 아직 생각해내지 못했어
난 종종 그녀를 생각하며, 그녀가 만난 사람이 누구든
그녀가 얼마나 소중한 존재인지를 제대로 알게 되길 바라네

아, 감옥의 내 친구들, 그들이 내게 묻지
"자유로워져서 기분이 얼마나, 얼마나 좋아?"
그러면 난 정말이지 수수께끼 같은 대답을 던져주네
"새들이 하늘 길의 사슬로부터 자유로울까?"

* 벽난로 위 선반.

그대여, 나는 아니야

내 창가에서 떠나줘
네가 스스로 택한 속도로 떠나가
난 네가 원하는 사람이 아니야, 그대여
네게 필요한 사람이 아니지
넌 누군가를 찾는다고 말해
절대 약하지 않고 언제나 강한 누군가를
네가 옳든 그르든
너를 보호하고 변호해줄 사람을
모든 문을 활짝 열어줄 그런 사람을
하지만 나는 아니야, 그대여
아니, 아니, 아니, 나는 아니야, 그대여
난 네가 찾고 있는 그런 사람이 아니야, 그대여

창문 아래 선반에서 살며시 떠나가, 그대여
땅 위로 살며시 내려가
난 네가 원하는 사람이 아니야, 그대여
너에게 실망만을 안겨줄 거야
넌 누군가를 찾는다고 말해
절대 헤어지지 않겠다고 약속해줄 누군가를
너를 위해 눈을 감고
너를 위해 마음까지 닫아버릴 사람을
너를 위해 죽는 것 그 이상을 해줄 수 있는 사람을
하지만 나는 아니야, 그대여
아니, 아니, 아니, 나는 아니야, 그대여

난 네가 찾고 있는 그런 사람이 아니야, 그대여

다시 밤 속으로 녹아들어가, 그대여
모든 건 그 안이 돌로 되어 있어
여기선 아무것도 움직이고 있질 않아
그리고 어쨌거나 난 혼자가 아니지
넌 누군가를 찾는다고 말해
넘어질 때마다 널 일으켜줄 누군가를
언제나 꽃을 꺾어줄 사람을
네가 부를 때마다 와줄 사람을
네 평생의 연인 외에는 달리 아무것도 아닐 사람을
하지만 나는 아니야, 그대여
아니, 아니, 아니, 나는 아니야, 그대여
난 네가 찾고 있는 그런 사람이 아니야, 그대여

다시 길 위로

음, 아침에 깨어나보니
내 양말 안에 개구리가 들어 있더군
네 엄마가 아이스박스 안에
감춰두고 있던 그거
네 아빠는 가면을 쓰고 걸어들어오지
나폴레옹 보나파르트 가면을
그런데 넌 왜 내가 여기서 살지 않느냐고 묻지
자기야, 꼭 물어야겠어?

음, 나는 너의 원숭이를 돌보러 가지
내 얼굴엔 할퀸 자국 가득해
난롯가에 있는 저분은 누구냐고 내가 물으면
넌 산타클로스라고 대답해
우유 배달원이 안으로 들어오지
그는 웬 중산모 같은 걸 쓰고 있어
그런데 넌 왜 내가 여기서 살지 않느냐고 묻지
자기야, 어떻게 그런 걸 물을 수 있어?

음, 먹을 것 좀 없냐고 내가 물었지
난 죽도록 배가 고팠어
그래서 내가 먹은 건 현미와 해초
그리고 지저분한 핫도그
내 위장 사라진 곳에
구멍 하나 뚫렸지

그런데 넌 왜 내가 여기서 살지 않느냐고 묻지
자기야, 자긴 진짜 이상한 것 같아

네 할아버지의 지팡이는
검으로 변하지
네 할머니는 널빤지에 붙여놓은
사진들을 보며 기도하지
네 삼촌은 내 주머니를
몽땅 털어갔지
그런데 넌 왜 내가 여기서 살지 않느냐고 묻지
자기야, 자기가 진심으로 하는 얘기라고 믿을 수 없네

그래, 부엌에선 주먹다짐이 벌어지지
내가 울 정도로 싸움은 심각해
우체부가 들어오지
그가 한쪽 편을 들기 시작해
집사에게도
증명할 무언가가 있지
그런데 넌 왜 내가 여기서 살지 않느냐고 묻지
자기야, 어째서 다른 곳으로 가지 않는 거지?

이젠 다 끝났어, 베이비 블루

넌 이제 떠나야 해, 필요한 걸 챙겨, 오래갈 수 있는 것들로
하지만 네가 간직하고 싶은 게 있다면 그게 뭐든 빨리
챙겨두는 게 좋아
저편에 너의 고아가 총을 든 채 서 있어
태양 속의 불처럼 울면서
조심해 성자들이 다가오고 있어
그리고 이젠 다 끝났어, 베이비 블루

고속도로는 도박꾼들을 위한 곳, 너의 감을 발휘하는 게
좋을 거야
우연으로부터 네가 모은 것들을 챙겨
너의 거리에서 온 빈털터리 화가가
너의 시트 위에 이상한 무늬를 그리고 있어
이 하늘 역시, 네 아래에서 접히고 있어
그리고 이젠 다 끝났어, 베이비 블루

너의 뱃멀미하는 모든 선원들, 그들은 노를 저어 집으로 가고
있어
너의 순록 무리도 다들 집으로 돌아가고 있어
너희 집 문밖으로 막 걸어나온 애인은
바닥에 있는 자기 담요들을 전부 챙겨가지고 나왔어
카펫 역시, 네 아래에서 움직이고 있어
그리고 이젠 다 끝났어, 베이비 블루

너의 디딤돌은 뒤에 남겨둬, 무언가가 널 부르고 있어
네가 떠나온 죽은 자들은 잊어버려, 그들은 널 따라오지
않을 거야
지금 네 문을 두드리고 있는 방랑자는
한때 네가 입었던 옷을 입은 채 서 있어
다른 성냥을 그어봐, 새로이 시작해
그리고 이젠 다 끝났어, 베이비 블루

사랑은 단지 네 글자로 된 단어일 뿐

꼭 어제 일처럼 느껴져
난 내 마음을 뒤에 남겨두고
집시 카페로 갔지
내 친구의 친구와 함께
그녀는 무겁게 무릎 위에 아기를 올린 채 앉아 있었어
그러면서도 예속隸屬과는 전혀 무관한 삶에 대해 이야기했지
고통의 흔적이라곤 조금도 찾아볼 수 없는 눈빛으로 말이야
그녀의 얘기 중 맨 처음 내 귀에 들어온 건
사랑LOVE은 단지 네 글자로 된 단어일 뿐이라는
한마디였어

구불구불 펼쳐진 가게 유리창 밖으로는
동터오는 새벽빛에 고양이들이 울고 있었지
나, 나도 계속 입을 다물고 있었지
당신에게 난 할말이 없었으니까
내 경험은 제한적이고, 빈약했으니까
내가 마치 없는 사람처럼 있는 동안, 당신은 이야기하고
있었어
당신 아이의 아버지였던 그 사람에게
당신은 아마 내가 들었을 거라곤 생각 못했겠지만, 난 들었지
사랑은 단지 네 글자로 된 단어일 뿐이라고 당신이
말하는 걸

나는 눈에 띄지 않게 작별인사를 했지

난 나만의 게임에서 일들을 밀고 나갔어
이름을 밝힐 수 없는
인생 안으로, 바깥으로 흘러다니며,
내 영혼의 짝을 찾고, 완벽하고 철저한
증발을 꿈꾸면서,
난 어떤 문을 찾으려 시도했고, 실패했지만
그때의 나는 분명, 사랑은 단지 네 글자로 된 단어일
뿐이라는
그 말보다 더 말이 안 되는 소린 없을 거라 생각했을 거야

당신이 당신의 남자에게 말하고 있었을 때
난 당신이 하는 말의 의미를 결코 알지 못했지만
난 오직 내 관점에서만 생각할 수 있을 뿐이야
그리고 이제 난 이해해
오랜 시간 깨어 생각한 끝에, 난 이해해
영원히 지속되리라 믿은 거룩한 입맞춤*은
폭발하여 연기가 되고, 그것의 운명은
나그네들에게로 떨어져, 자유로이 떠돈다는 것을
그래, 이젠 알아, 덫을 놓은 건 바로 나 자신이었다는 걸
그리고 사랑은 단지 네 글자로 된 단어일 뿐이라고
진짜로 확신할 필요는 없다는 것을

* 미사 예절 중 영성체 전 신자들이 사랑과 일치의 표시로 주고받는 평화의 인사.

묘비 블루스

사랑스럽고 예쁜 것들은 물론 이제 잠자리에 들었어
시의원들은 승인하려고 해
폴 리비어*가 탔던 말의 환생을
하지만 마을은 불안에 떨 필요가 없지

벨 스타**의 유령은 자신의 지혜를
수녀 이세벨***에게 물려주네, 이세벨은 맹렬하게
잭 더 리퍼에게 줄 대머리 가발을 짜고
잭 더 리퍼는 상공회의소 상석에 앉아 있지

엄마는 공장에 있어
그녀에겐 신발이 없지
아빠는 골목에 있어
그는 퓨즈를 찾고 있지
나는 거리에 있어
묘비 블루스를 부르며

히스테릭한 신부가 오락실에서
소리를 지르며 투덜거려 "나 이제 망했어"
그러고는 의사를 불러, 의사는 차양을 내리며 말해
"충고할게요, 남자애들을 들이지 말아요"

이제 약사가 들어와서 안을 이리저리 돌아다녀
거들먹거리며 걸어다니는 그가 신부에게 말해

"그만 뚝 그쳐요, 자존심 따윈 버리라니까요
안 죽어요, 이거 독 아니에요"

엄마는 공장에 있어
그녀에겐 신발이 없지
아빠는 골목에 있어
그는 퓨즈를 찾고 있지
나는 거리에 있어
묘비 블루스를 부르며

세례자 요한이 도둑 하나를 고문하고서
그의 영웅인 최고사령관을 올려다보며
말해, "위대한 영웅이시여, 말씀해주세요, 하지만 부디
간단하게요
제가 병들어 죽으면 들어갈 구멍이 있을까요?"

최고사령관이 파리를 쫓으며
말해, "훌쩍이며 우는 모든 이에게 죽음을"
그러고는 역기를 내려놓고 하늘을 가리키며
말해, "태양은 노란색이 아니야, 그냥 겁쟁이지"

엄마는 공장에 있어
그녀에겐 신발이 없지
아빠는 골목에 있어

그는 퓨즈를 찾고 있지
나는 거리에 있어
묘비 블루스를 부르며

블레셋의 왕은 군인들을 구원하려고
그들의 묘비에 턱뼈를 꽂아서 무덤을 돋보이게 해
피리 부는 사나이를 감옥에 가두고 노예들을 살찌웠다가
그들을 정글로 보내지

집시 데이비는 블로토치로 그들의 캠프를 몽땅 태워버려
그의 뒤를 따르는 충실한 노예 페드로는 터벅터벅 걷지
친구를 만들고 삼촌에게 영향을 주려고 수집한
끝내주는 우표 컬렉션을 들고서

엄마는 공장에 있어
그녀에겐 신발이 없지
아빠는 골목에 있어
그는 퓨즈를 찾고 있지
나는 거리에 있어
묘비 블루스를 부르며

순수한 기하학, 뼈에 붙은 살은
갈릴레이의 수학책을 내던지게 했어
쓸데없이 혼자 앉아 있는 델릴라****를 향해 말이야

하지만 그녀의 뺨에 묻은 눈물은 웃다가 흐른 거야

이제 난 브라더 빌에게 커다란 흥분을 안겨주고파
그를 언덕 위에서 쇠사슬로 묶은 다음
기둥을 몇 개 가져오라고 하고 세실 B. 드밀*****을 부를
거야
그는 영영 행복하게 죽을 수 있을 테지

엄마는 공장에 있어
그녀에겐 신발이 없지
아빠는 골목에 있어
그는 퓨즈를 찾고 있지
나는 거리에 있어
묘비 블루스를 부르며

한때 마 레이니******와 베토벤이 둘이서 침낭을 펼쳤던 곳에
이제는 튜바 연주자들이 모여들어 깃대 주변에서 리허설을
하고 있네
그리고 국립은행은 영혼을 위한 지도,
양로원과 대학으로 가는 지도를 팔면서 이윤을 남겨

이제 난 네게 정말 간단한 노래를 만들어줄 수 있었으면
좋겠어
사랑스러운 아가씨, 당신이 미치지 않도록 꼭 붙들어줄

노래를
  당신을 편안하고 차분하게 해주고
  당신의 무용하고 무의미한 지식이 주는 고통을 멎게 해줄
노래를

  엄마는 공장에 있어
  그녀에겐 신발이 없지
  아빠는 골목에 있어
  그는 퓨즈를 찾고 있지
  나는 거리에 있어
  묘비 블루스를 부르며

* 18세기 미국의 독립운동가(1734~1818). 보스턴에 그가 말을 탄 모습의 동상이 있다.
** 미 서부에서 악명 높았던 무법자(1848~1889).
*** 구약성서에서 악녀의 대명사로 꼽히는 여인.
**** 구약성서에서 삼손을 유혹해 파멸로 이끈 여인.
***** 미국 영화감독(1881~1959). 〈삼손과 델릴라〉를 연출했다.
****** 미국 블루스 가수(1886~1939).

웃는 건 힘들지만, 우는 건 기차 한 번만 타면 돼

있잖아, 난 우편 열차를 타고 달려, 자기야
스릴은 돈 주고도 못 사니까
있잖아, 난 밤새 깨어 있었어, 자기야
창틀에 기댄 채로
있잖아, 만일 내가 죽는다면
거긴 언덕 꼭대기일 거야
그리고 내가 성공하지 못한다 해도
내 아이는 해낼 거야

자기야, 나무들 사이로 빛나는
달이 멋져 보이지 않아?
자기야, 깃발을 흔들며 열차 '더블 E'를 멈춰 세우는
제동수도 멋져 보이지 않아?
바다 위로 지고 있는
태양이 멋져 보이지 않아?
나를 쫓아다니는 내 여자의 모습 또한
멋져 보이지 않아?

이제 겨울이 다가오고 있어
차창은 성에로 가득해
난 모두에게 말해주러 갔지만
그들을 이해시키지 못했어
있잖아, 난 너의 연인이 되고 싶어, 자기야
너의 상사가 되고 싶진 않다고

네 기차가 길을 잃거든
내가 전에 경고한 적 없었다곤 말하지 마

뷰익 6에서

내겐 묘지의 여자가 있어, 그래 그녀는 내 아이를 돌봐주지
하지만 나의 정열적인 아가씨, 그래 그녀는 나를 숨겨주지
그녀는 고물 처리장의 천사야, 그리고 내게 늘 빵을 줘
글쎄, 만일 내가 쓰러져 죽으면, 분명 내 침대 위에 담요를
덮어줄 거야

있잖아, 파이프라인이 고장나고 내가 강 위 다리에서 길을
잃는다면
내가 고속도로에, 그리고 둔치에 쓰러져 있다면
그녀는 날 실로 꿰맬 준비를 하고서 고속도로를 달려와줄
거야
글쎄, 만일 내가 쓰러져 죽으면, 분명 내 침대 위에 담요를
덮어줄 거야

있잖아, 그녀는 날 불안하게 하지 않아, 너무 시끄럽게
떠들지도 않지
그녀는 보 디들리*처럼 걸어, 목발이 필요 없지
그녀는 언제나 총알을 가득 채운 41구경 산탄총을 가지고
다녀
글쎄, 만일 내가 쓰러져 죽으면, 분명 내 침대 위에 담요를
덮어줄 거야

글쎄, 내겐 시체들을 치워버릴 굴착기가 필요하다는 걸
알잖아

아가씨, 내겐 머릿속에 든 걸 비워버릴 덤프트럭이 필요해
그녀는 내게 모든 것 그 이상을 가져다줘, 그리고 말했다시피
만일 내가 쓰러져 죽으면, 분명 내 침대 위에 담요를 덮어줄
거야

* 미국 로큰롤 가수(1928~2008).

폐허의 거리

그들은 교수형 사진을 엽서로 만들어 팔고 있어
그들은 여권을 갈색으로 칠하고 있어
미용실은 선원들로 북적여
마을에 서커스가 왔다네
여기 눈먼 경찰국장이 오시네
그들은 그를 거의 실신 상태로 만들었지
한 손은 줄타기 곡예사에게 묶여 있고
나머지 한 손은 그의 바지 속에 있네
폭동 진압대는 도무지 가만히 있지를 못해
그들은 어딘가로 가야만 하지
오늘밤 레이디와 내가 바깥을 쳐다보고 있을 때
폐허의 거리에서

신데렐라, 그녀는 정말 쉬워 보여
"그렇게 말하는 당신이야말로," 그녀는 웃지
그러고는 베티 데이비스* 스타일로
뒷주머니에 양손을 넣어
그리고 로미오가 들어와, 그는 신음하지
"넌 분명 내 여자야"
그러자 누군가가 말해, "이봐 친구, 번지수를 잘못 찾았어
그냥 가시는 게 좋겠군"
앰뷸런스가 떠난 후
거기 남은 유일한 소리는
신데렐라가 바닥을 쓰는 소리였어

폐허의 거리에서

이제 달은 거의 숨어버렸고
별들도 숨기 시작해
심지어 점쟁이 여인은
물건을 모두 들고 안으로 들어가버렸어
카인과 아벨이랑
노트르담의 꼽추만 빼고 말이지
다들 사랑을 나누거나
아니면 비가 오기를 기다리고 있어
그리고 착한 사마리아인, 그는 옷을 차려입고 있지
쇼를 보러 갈 준비를 하고 있어
오늘밤 카니발을 보러 가
폐허의 거리에서

이번에는 오필리아, 그녀가 창문 아래에 있어
난 정말이지 그녀가 걱정돼
이제 겨우 스물두번째 생일을 맞았을 뿐인데
벌써 노처녀처럼 보이거든
그녀에게 죽음은 꽤나 로맨틱하지
그녀는 쇠로 된 조끼를 입어
그녀의 종교가 그녀의 직업이고
그녀의 생기 없음이 바로 그녀의 죄
비록 두 눈은

노아의 위대한 무지개에 고정돼 있지만
그녀는 거리를 엿보며 시간을 보내
폐허의 거리를

로빈 후드로 변장한 아인슈타인은
트렁크 속에 담긴 기억들과 함께
이 길을 지나갔어 한 시간 전에
질투심 많은 수도승 친구와 함께 말이야
담배를 꿀 때는 정말이지
완전히 겁먹은 얼굴이었어
그러고는 코를 벌름거리며 하수관 냄새를 맡더니
알파벳을 외더군
이제 당신은 딱히 그를 쳐다보려 하지 않을 거야
하지만 그도 예전에는 유명했어
전기 바이올린을 연주하는 걸로 말이야
폐허의 거리에서

닥터 필스, 그는 자신의 세상을
샅 주머니 안에 보관하지
하지만 성욕이 없는 그의 환자들은
전부 그걸 터뜨려버리려고 해
이번엔 그의 간호사, 동네 루저인 그녀는
청산가리를 집어넣는 구멍의 책임자지
그리고 그녀는 '그의 영혼에 자비를'이라고 적힌

카드를 간직하고 있어
그들 모두가 싸구려 양철 피리를 연주해
그걸 부는 소리도 들을 수 있지
고개를 최대한 바깥으로 길게 내밀어보면
폐허의 거리에서 말이야

길 건너편에서 그들이 못으로 커튼을 달았어
한창 축제를 준비중이지
오페라의 유령
완벽한 성직자의 이미지
그들은 카사노바가 더욱 자신감을 느끼도록
일일이 숟가락으로 떠먹여주고 있어
그들은 말로써 그를 중독시킨 다음
자신 있게 죽여버릴 거야
그리고 유령은 깡마른 여자들에게 소리쳐
"잘 모르면 그냥 꺼지시지그래
카사노바는 단지 폐허의 거리에 갔다는 이유로
벌을 받은 거라고"

이제 한밤중이면 모든 요원들과
초능력자 패거리들이
밖으로 나와
자신들보다 많이 아는 자들을 잡아들여
공장으로 끌고 가지

심장마비 기계가
그들의 어깨에 둘러매어지고
보험회사 직원은
성에서 등유를 가져오지
누구도 도망치지 못하도록
감시하는 녀석이야
폐허의 거리로

네로 황제의 넵튠을 찬양할지어다
타이타닉은 새벽에 항해를 해
그리고 모두가 소리치지
"넌 어느 편이야?"
그 와중에 에즈라 파운드와 T. S. 엘리엇은
선장실에서 싸우고 있어
칼립소** 가수는 그런 그들을 비웃고 있고
어부들은 바다의 창문들 사이에서
꽃을 들고 있어
사랑스러운 인어들이 헤엄치는 바다
그곳에선 그 누구도 지나치게 생각할 필요 없지
폐허의 거리에 대해 말이야

그래, 어제 네가 보낸 편지를 받았어
(문고리가 막 망가져버렸을 때)
나보고 잘 지내냐고 물은 거,

무슨 농담이라도 한 거야?
네가 언급하는 모든 사람들
그래, 나도 다 알아, 정말 찌질한 인간들이지
난 그 얼굴들을 다시 늘어놓고
또다른 이름을 지어줘야만 했어
지금 당장은 잘 읽을 수가 없네
그러니 더는 내게 편지하지 마
네가 그것들을
폐허의 거리에서 보내는 게 아니라면

* 미국 배우(1908~1989).
** 카리브해의 민속음악.

분명 4번가

참 뻔뻔하기도 하지
그러고도 내 친구라고 말하다니
내가 기죽어 있었을 때
넌 그저 거기 서서 히죽거렸을 뿐이잖아

정말 뻔뻔하기도 하지
날 도와줄 수 있다고 말하다니
넌 그저 이기는 편에
서고 싶을 뿐이잖아

내가 널 실망시켰다고 하는데
그런 게 아니란 건 너도 잘 알잖아
만일 네가 그토록 상처를 받았다면
대체 왜 그걸 보여주지 않는 거야?

넌 신념을 잃었다고 하는데
돼먹지도 않은 소리야
잃을 신념 따위 너한텐 없었어
너도 잘 알잖아

네가 왜 내 뒤에서 험담을 해대는지
나는 그 이유를 알지
나도 한때는 네가 속한 그 무리에
있어봤으니까

네 눈엔 내가 그렇게 등신으로 보이니
무슨 말을 어떻게 꺼내야 할지도 모르는 걸
숨기려고 애쓰는 놈과
내가 상종할 거라고 생각하다니

넌 길에서 나를 보면
늘 놀란 듯 굴어
"잘 지내지?" "행운을 빌어"
진심도 아닌 주제에

너와 날 같은 수준으로 안다면
차라리 그냥 날 바보로 봐주는 게 낫겠다
그저 한 번이라도 탁 터놓고
크게 소리쳐보지그래?

아냐, 네가 껴안고 있는 그 고통을 볼 때면
그렇게 기분이 좋지가 않아
내가 도둑질의 달인이라면
차라리 그 고통을 훔쳐줄 텐데

이제 난 알아, 네 위치와 처지에 대해
스스로 만족하지 못한다는 걸
그런데 모르겠어?

그게 내 문제는 아니잖아

단 한 번만이라도
네가 내 입장이 되어볼 수 있다면
그리고 그 한순간만이라도
난 네가 되어봤으면

그래, 단 한 번만이라도
네가 내 입장이 되어볼 수 있었으면 좋겠어
그럼 너도 널 보는 게 얼마나 지긋지긋한 일인지
알게 될 텐데

요해나의 환영들

네가 그토록 조용히 있으려 애쓸 때면 밤은 속임수를 쓰는
것 같지 않아?
우린 오도 가도 못하는 신세로 여기 앉아 있어, 모두 그
사실을 어떻게든 부정하려 애쓰지만
그리고 루이스는 빗물을 한 움큼 쥐고 널 유혹하지, 네가 그
사실을 신경쓰지 않도록
맞은편 건물 위층에서 불빛이 깜박이고 있어
방안의 난방 파이프들은 쿨럭쿨럭 기침을 하고
컨트리뮤직 방송국에서는 부드러운 음악을 내보내고 있어
하지만 여긴 아무것도 없지, 켜고 끌 그 어떤 것도
그저 루이스와 애인은 서로 뒤엉켜 있고
그리고 나의 마음을 점령하고 있는 이 요해나의 환영들

빈 부지에는 엄포 놓는 장님을 열쇠고리로 희롱하는 여자들
그리고 밤새 노는 아가씨들, 그들은 'D'트레인에서 무모한
장난을 저지를 계획을 속닥거리지
야경꾼이 손전등을 달깍이는 소리를 우리는 들을 수 있지
그는 진짜로 미친 게 그인지 아니면 그들인지 자신에게 묻고
있어
루이스, 그녀는 괜찮아, 그녀는 가까이에 있어
그녀는 섬세하고 마치 거울 같아
하지만 그녀는 모든 걸 너무 간결하고 분명하게 만들지
그래서 요해나가 여기에 없는 거야
전기 유령이 그녀의 얼굴 뼈 안에서 울부짖어

내 자리를 온통 차지해버린 이 요해나의 환영들 속에서

자 그리고, 길을 잃은 어린 소년, 그는 자기 자신을 매우
진지하게 받아들여
그는 자신의 불행을 자랑하지, 위험하게 살고 싶어해
그리고 그녀의 이름을 들먹일 때면
작별 키스에 대해 말하지
지독히도 쓴맛을 본 탓에 완전히 쓸모없는 인간이
되어버렸어 그리고 온종일
벽에다 대고 시시한 얘길 중얼거리지, 내가 홀에 머무르는
동안
어떻게 설명하면 좋을까?
아, 정말이지 누군가와 잘 지내는 건 힘든 일이야
그리고 요해나의 이 환영들, 그들이 새벽이 지나도록 날
붙잡고 있어

박물관 안에서, 무한無限이 재판을 받고 있어
잠시 후 목소리들이 메아리쳐, 구원이란 바로 이런 것이어야
한다고
하지만 모나리자는 하이웨이 향수병에 걸린 게 틀림없어
그녀가 웃는 방식을 보면 당신도 알 수 있을 거야
젤리 같은 얼굴을 한 여자들 모두가 재채기할 때
그녀들이 원시적인 월플라워*처럼 얼어붙는 걸 볼 수 있어
콧수염 단 누군가가 이렇게 말하는 걸 들을 수 있어 "오 이런

내 무릎을 찾을 수가 없어"
아, 보석들과 쌍안경들이 노새 머리에 매달려 있어
하지만 요해나의 이러한 환영들, 그들은 모든 걸 너무
잔혹하게 보이게 만들지

마약판매상이 지금 그를 좋아하는 척하는 백작부인에게
말해
"기생충 아닌 사람 있다면 어디 한번 그 이름을 대보시오, 내
나가서 그를 위해 기도할 테니까"
하지만 루이스가 늘 말하듯
"넌 많은 걸 보지 못하지, 그렇지 않니?"
그녀, 그녀 자신이 그를 위해 준비할 때
그리고 마돈나, 그녀는 여전히 모습을 나타내지 않아
우리는 이 텅 빈 새장이 이제 녹슬어가는 걸 보고 있어
한때 그녀의 무대용 망토 자락이 드리워져 있던 자리에서
바이올린 연주자, 이제 그는 길 쪽으로 걸어가고 있어
그는 쓰고 있어 빌려주었던 모든 게
생선 트럭 짐칸에 실려 되돌아왔다고
나의 양심이 폭발하는 동안
하모니카 연주자들은 해골 건반과 비를 연주하고 있어
그리고 요해나의 이러한 환영들만이 이제 남은 모든 것이야

* 파티에서 파트너가 없어 춤을 추지 못하는 인기 없는 사람을 가리키는 말.

더없이 달콤한 마리

음, 당신의 철도 출입구, 있잖아, 난 그걸 뛰어넘을 수 없어
가끔 그건 너무 힘든 일이야, 당신도 알겠지만
난 그냥 여기 앉아서 내 트럼펫을 두드려
당신이 날 위해 남겨둔 이 모든 약속들과 함께
하지만 오늘밤 당신은 어디에 있는 거지, 달콤한 마리?

음, 당신을 기다렸지 내가 반쯤 병들어 있었을 때도
그래, 당신을 기다렸지 당신이 날 싫어할 때도
음, 당신을 기다렸지 꽉 막힌 도로 안에서
내가 있을 다른 곳 생겼다는 걸 당신이 알았을 때
자 그런데, 오늘밤 당신은 어디에 있는 거지, 달콤한 마리?

음, 누구든 나와 같은 사람일 수 있을 거야, 확실히
하지만 때때로, 당신과 같은 사람일 수 있는 사람은 그리
많지 않지, 다행히

음, 당신이 약속했던 흰 말 여섯 마리가
마침내 교도소에 배달되었어
하지만 법의 테두리 바깥에서 살아가려면 당신은
정직해야 해
동의한다고 당신이 늘 말한다는 거 나도 알아
하지만 오늘밤 당신은 어디에 있는 거지, 달콤한 마리?

음, 그 일이 어떻게 벌어진 건지 모르겠어

73

하지만 리버보트 선장, 그는 내 운명을 알고 있지
하지만 다른 모든 사람들은, 심지어 당신도
그저 기다려보는 수밖에 없을 거야

음, 난 열을 가라앉혀 내 주머니 속에 넣었지
페르시아인 주정뱅이, 그가 나를 따라오고 있어
그래, 난 그를 당신의 집에 데려갈 수도 있겠지 하지만 난
문을 열 수가 없어
알지, 당신은 내게 열쇠 주는 걸 잊었어
오, 오늘밤 당신은 어디에 있는 거지, 달콤한 마리?

그래, 나는 감옥에 있었어 내 모든 편지들이
나쁜 친구들한테 함부로 주소를 알려줘서는 안 된다는 걸
증명해 보였던 그때
그리고 이제 난 여기 서서 당신의 노란 철로를 보고 있어
당신 발코니의 잔해 속에서
오늘밤에, 달콤한 마리, 당신이 어디에 있을까 궁금해하며

로랜드의 슬픈 눈 여인

당신의 선교사 시절 수은 입
연기 같은 당신의 눈과 시 같은 당신의 기도
그리고 당신의 은 십자가, 종소리 같은 당신 목소리
오, 그들 가운데 누가 당신을 매장할 수 있었다
생각하겠는가?
마지막까지 잘 보존된 당신의 주머니들
그리고 당신이 풀밭 위에 올려둔 당신의 시내 전차電車 환상
그리고 당신의 비단 같은 살결, 유리 같은 당신 얼굴
그들 가운데 누가 당신을 데리고 올 수 있었다
생각하겠는가?
슬픈 눈의 예언자가 아무도 오지 않는 땅이라고 말한 로랜드
그곳의 슬픈 눈 여인
나의 창고 눈, 나의 아라비아 북들
그것들을 나는 당신의 문에 남겨두어야 할까
아니면, 슬픈 눈 여인이여, 나는 기다려야 할까?

당신의 금속 같은 시트와 레이스 같은 당신의 벨트
그리고 당신의 잭과 에이스가 사라진 카드 한 벌
그리고 당신의 지하실 옷들과 당신의 움푹 꺼진 얼굴
그가 당신을 이해할 수 있었다고, 생각하겠는가?
햇빛 희미해져갈 때 당신의 실루엣으로
달빛 헤엄치는 당신 눈으로
그리고 당신의 성냥첩 노래들과 당신의 집시 찬송가들
그들 가운데 누가 당신에게 감명을 주려고 애쓸 것인가?

슬픈 눈의 예언자가 아무도 오지 않는 땅이라고 말한 로랜드
그곳의 슬픈 눈 여인
나의 창고 눈, 나의 아라비아 북들
그것들을 나는 당신의 문에 남겨두어야 할까
아니면, 슬픈 눈 여인이여, 나는 기다려야 할까?

죄수 목록을 가진 티루스의 왕들이
그들의 제라늄 키스를 위해 줄 서서 기다린다
그리고 당신은 일이 이와 같이 벌어지리라는 걸 모르리라
하지만 그들 가운데 누가 진정으로 당신에게 키스하려
하겠는가?
당신의 한밤의 깔개 위 당신의 유년 시절 불꽃들
그리고 당신의 스페인식 예절과 당신 어머니의 약들
그리고 당신의 카우보이 입과 당신의 통행금지령 마개들
그들 가운데 누가 당신에게 저항할 수 있었을 거라고 당신은
생각하는가?
슬픈 눈의 예언자가 아무도 오지 않는 땅이라고 말한 로랜드
그곳의 슬픈 눈 여인
나의 창고 눈, 나의 아라비아 북들
그것들을 나는 당신의 문에 남겨두어야 할까
아니면, 슬픈 눈 여인이여, 나는 기다려야 할까?

오, 농부들과 사업가들, 그들은 모두 결정했다
숨겨왔던 죽음의 천사들을 당신에게 보여주기로

하지만 왜 그들은 자기들 편을 동정해줄 자로 당신을
골랐을까?
오, 어떻게 그들은 당신을 오해할 수 있었을까?
그들은 당신이 농장에 대한 비난을 받아들여주기를 바랐다
하지만 당신의 발치에 있는 바다와 허위 거짓경보
그리고 당신 팔에 안겨 있는 깡패 부모를 둔 아이
어떻게, 참으로 어떻게 그들은 당신을 설득할 수 있었을까?
슬픈 눈의 예언자가 아무도 오지 않는 땅이라고 말한 로랜드
그곳의 슬픈 눈 여인
나의 창고 눈, 나의 아라비아 북들
그것들을 나는 당신의 문에 남겨두어야 할까
아니면, 슬픈 눈 여인이여, 나는 기다려야 할까?

캐너리 로에 대한 당신의 종이-금속 기억
그리고 어느 날 그저 떠나야만 했던 당신의 잡지-남편*
그리고 당신의 상냥함, 이제 당신은 그걸 보여줄 수밖에 없지
그들 가운데 그 누가 당신을 부릴 수 있다고 당신은
생각하는가?
지금 당신은 당신의 도둑과 함께 서 있다, 당신은 그의
가석방 중에 있다
당신의 손가락들 끝이 접는 당신의 성스러운 메달 보석
그리고 당신의 성자 같은 얼굴과 당신의 유령 같은 영혼
오, 그들 가운데 그 누가 당신을 파괴할 수 있었다
생각하겠는가?

슬픈 눈의 예언자가 아무도 오지 않는 땅이라고 말한 로랜드
그곳의 슬픈 눈 여인
나의 창고 눈, 나의 아라비아 북들
그것들을 나는 당신의 문에 남겨두어야 할까
아니면, 슬픈 눈 여인이여, 나는 기다려야 할까?

* 이 작품은 밥 딜런의 첫번째 아내 세라 로운즈에 관한 것으로, 그녀의 전남편이 패션
잡지 사진기자였다.

음유시인 소년

누가 저 음유시인 소년에게 동전을 던져줄까?
누가 저 동전통에 동전을 굴릴까?
누가 저 음유시인 소년에게 동전을 던져줄까?
누가 소년의 영혼을 구원하려고 쉽사리 동전을 떨어뜨릴까?

오, 러키는 긴긴 시간 차를 몰았어
그리고 이젠 언덕 꼭대기에서 꼼짝달싹할 수 없게 됐지
전진 기어 열두 개로 오랫동안 어렵게 기어올라왔다고
그리고 그 많은 여자들이 있어도, 그럼에도 그는 여전히
외롭지

누가 저 음유시인 소년에게 동전을 던져줄까?
누가 저 동전통에 동전을 굴릴까?
누가 저 음유시인 소년에게 동전을 던져줄까?
누가 소년의 영혼을 구원하려고 쉽사리 동전을 떨어뜨릴까?

그가 살아온 햇수는 많고 노역은 과중해
힘센 흙내지빠귀, 여전히 너무나도 무거운 짐을 지고 있지
난 그에게 상대도 안 되는데, 뭘 더 말할 수 있겠어
그는 그렇게나 많이 돌아다녔는데, 난 여전히 그 길 위에
있어

누가 저 음유시인 소년에게 동전을 던져줄까?
누가 저 동전통에 동전을 굴릴까?

누가 저 음유시인 소년에게 동전을 던져줄까?
누가 소년의 영혼을 구원하려고 쉽사리 동전을 떨어뜨릴까?

창문에 쓰인 글자

창문에 쓰인 글자는 "외로워"
문에 걸린 팻말에는 "동반출입금지"
거리 표지판에는 "넌 날 가질 수 없어"
현관에 세워둔 푯말에는 "세 명도 너무 많아"
현관에 세워둔 푯말에는 "세 명도 너무 많아"

그녀와 그녀의 남자친구는 캘리포니아로 갔지
그녀와 그녀의 남자친구는 서로에 대한 마음 변했지
내 가장 친한 친구는 말했지, "그러게 내가 너한테 경고했지
브라이턴 여자들은 달과 같다고
브라이턴 여자들은 달과 같다고"

틀림없이 비가 오겠어……
오늘밤 메인 스트리트는 비에 젖을 거야……
부디 진눈깨비가 아니길 바라야지

유타에 오두막 한 채 짓고
한 여자와 결혼하고, 무지개송어 낚시하고
날 '아빠'라 부르는 아이들 여럿 두는 것
그게 인생의 중요한 모든 것
그게 바로 인생의 중요한 모든 것

잡동사니들

나는 모든 걸 다 계획하고 내 자릴 차지해
너는 모든 곳에서 약속을 깨뜨리지
너는 날 사랑하겠다고 약속했는데, 내가 본 거라곤
그저 내게 와서 주스를 엎지르는 모습뿐이야
잡동사니들, 잡동사니들
잃어버린 세월은 되찾을 수 없다네

이제 넌 네 파일을 챙기고 날 고개 숙이게 하지
네가 했던 말들이 하나도 기억나질 않아
너는 날 사랑하겠다고 약속했는데, 내가 아는 거라곤
넌 늘 내게 주스를 엎지른다는 사실뿐이야, 어디 갈 데라도
있는 사람처럼
잡동사니들, 잡동사니들
잃어버린 세월은 되찾을 수 없다네

이제 난 할 만큼 했어, 내 상자는 다 비었다고
내가 무슨 말 하는 건지, 뭘 의미하는 건지 너도 알잖아
지금부터 넌 딴 사람을 만나는 게 좋겠다
그러는 동안, 그 주스는 쏟지 말고 잘 들고 있어
잡동사니들, 잡동사니들
잃어버린 세월은 되찾을 수 없다네

분노의 눈물

우린 당신을 품에 안고 갔어요
독립기념일에
그리고 이제 당신은 우릴 모두 내팽개치고
우릴 떠나게 만들었죠
오 대체 태양 아래 어떤 사랑스러운 딸이
아버지를 그렇게 대하겠어요
어떤 딸이 수족이 되어 아버지를 섬기고
늘 "안 돼요"라고 말해주느냔 말이에요?
분노의 눈물, 슬픔의 눈물
왜 제가 늘 도둑이 되어야만 하는 건가요?
이제 내게로 와요, 그래요
우리는 다 외로워요
그리고 인생은 짧죠

우리는 가야 할 길을 가리켰어요
그리고 모래 위에 당신의 이름을 새겼죠
비록 당신은 그걸 단지
당신이 설 자리에 불과한 것으로 여겼지만요
이제, 우리가 지켜보는 동안 당신이 알았으면 해요
진실한 사람은 아무도 없었다는 걸, 당신이 발견했다는
사실을 말이에요
거의 모두가 정말 그렇게 생각했어요
그건 유치한 짓이었다고 말이죠
분노의 눈물, 슬픔의 눈물

제가 늘 도둑이 되어야만 하는 건가요?
이제 내게로 와요, 그래요
우리는 다 저열해요
그리고 인생은 짧죠

그건 정말이지 하나도 고통스럽지 않았어요
우리가 전혀 믿을 수 없었던
그 모든 엉터리 가르침을
당신이 받으러 갔을 때 말이죠
그리고 이제 심장은 황금으로 가득해요
마치 무슨 지갑이라도 되는 것처럼요
그런데 오, 이건 대체 무슨 사랑이기에
자꾸 나빠지기만 하는 거죠?
분노의 눈물, 슬픔의 눈물
제가 늘 도둑이 되어야만 하는 건가요?
이제 내게로 와요, 그래요
우리는 다 저열해요
그리고 인생은 짧죠

홍수 속에서

둑이 무너졌어, 자기야
물이 넘칠 거야
늪이 범람할 거야
어떤 보트도 노를 저을 수 없을 거라고
자, 너는 기차를 타고 가도 돼
윌리엄스 포인트까지
발이 부러질 수도 있고
이곳을 흔들어놓을 수도 있어
하지만 오 자기야, 이제 넌 가장 친한 친구를 그리워하지
않을 작정이니?
너는 어떻게든 가장 친한 친구를
또하나 찾아내야만 할 거야

이제 날 감동시키려 애쓰지 마
너는 그저 잃고 말 테니까
둑이 무너졌어
그리고 자기야, 넌 거절당했지
글쎄, 설탕에는 설탕이고
소금에는 소금 아니겠니
네가 홍수에 떠내려가게 된다면
그건 너의 잘못일 거야
오 자기야, 이제 넌 가장 친한 친구를 그리워하지 않을
작정이니?
너는 어떻게든 가장 친한 친구를

또하나 찾아내야만 할 거야

이런, 불어난 물이 차오르고 있어
자기야, 날 실망시키지 마
짐가방을 싸
자기야, 아무 소리도 내지 마
이제 왕에는 왕이고
여왕에는 여왕이야
이건 우리가 봐온 것 중
최악의 홍수가 될 거야
오 자기야, 이제 넌 가장 친한 친구를 그리워하지 않을
작정이니?
너는 어떻게든 가장 친한 친구를
또하나 찾아내야만 할 거야

헨리에게 말하지 마

헨리에게 말하지 마
사과가 네 파리에 앉았어*

어느 토요일 아침에 난 강으로 갔어
그저 누가 태어났나 둘러나보러 말이야
거기서 무릎을 꿇고 있는 어린 겁쟁이를 하나 봤어
그애에게 가서 소리쳤지, "제발, 제발, 제발!"
그애는 말했네, "헨리에게 말하지 마세요
헨리에게 말하지 마세요
헨리에게 말하지 마세요
사과가 당신 파리에 앉았어요"

열시 반에 난 길모퉁이로 갔어
그저 둘러보고 있었지, 언제였는진 말 안 할 거야
난 아래를 봤어, 난 위를 봤지
그리고 내가 본 사람은 다름 아닌 내 연인이었어
그녀는 말했네, "헨리에게 말하지 말아요
헨리에게 말하지 말아요
헨리에게 말하지 말아요
사과가 당신 파리에 앉았어요"

열두시 반에 난 싸구려 음식점엘 갔어
그저 나 자신을 보려고 이리저리 둘러봤지
난 말 한 마리와 당나귀 한 마리도 발견했어

난 암소를 찾아봤는데 몇 마리를 보았지
그들은 말했네, "헨리에게 말하지 마요
헨리에게 말하지 마요
헨리에게 말하지 마요
사과가 당신 파리에 앉았어요"

지난밤에 난 펌프실에 갔어
둘러보고 있었지, 그건 잘 보이지가 않더군
크고 오래된 나무를 찾아 난 구석구석 살폈지
위층으로 올라갔는데 나 말고는 아무도 보지 못했어
나는 말했네, "헨리에게 말하지 마
헨리에게 말하지 마
헨리에게 말하지 마
사과가 네 파리에 앉았어"

• '일이 꼬이는' 상황을 뜻하는 "파리가 네 사과에 앉았어"라는 관용구를 뒤집은 것이다.
이 표현 자체로 꼬인 상황임을 드러내고 있다.

문 열어, 호머

자, 짐에게서 뭔가 난
배운 게 있네
그건 그가 언제나 날 이해시켜줄 거란 사실
그리고 어떤 식으로든
사람은 반드시 헤엄쳐야만 한다는 사실
만일 호강하면서
살기를 바란다면 말이야
문 열어, 호머
그 말은 전에도 들었어
문 열라고, 호머
그 말은 전에도 들었다니까
하지만 이제 더는 듣지 않을 거야

자, 뭔가 난 배운 게 있네
내 친구, 마우스
늘 부끄럼을 타는 그 녀석에게서
그건 바로 모두가
자기집을 없애버려야 한다는 사실
만일 얼굴 붉히며 이집 저집
돌아다니고 싶지 않다면 말이야
문 열어, 호머
그 말은 전에도 들었어
문 열라고, 호머
그 말은 전에도 들었다니까

하지만 이제 더는 듣지 않을 거야

"네 기억들을 모두 소중히 여겨"
내 친구 믹이 말했네
"다시는 겪을 수 없는 일들이니 말이야
그리고 기억해둬, 거기에 있으면서
아픈 사람들을 치유해주려고 애쓰고
반드시 네가 늘 먼저
그들을 용서해야 한다는 사실을"
문 열어, 호머
그 말은 전에도 들었어
문 열라고, 호머
그 말은 전에도 들었다니까
하지만 이제 더는 듣지 않을 거야

삶이 고달픈 엄마

삶이 고달픈 엄마, 당신 뼈에 달라붙은 살덩이가 흔들려요
전 강으로 가서 돌을 좀 주워 올 거예요
여동생은 터널 노동자들이랑 고속도로에 나가 있고요
아빠는 큰집에 있어요, 더이상 일할 수 없죠
삶이 고달픈 엄마, 제가 쓸데없는 소리를 좀 해도 될까요?

검은 아가씨, 잠깐 옆으로 비켜서 자리를 좀 만들어주지
않겠어요?
계속 움직여요, 온 나라를 빗자루처럼 쓸어버려요
팔을 내게 둘러요, 태양을 둘러싼 둥근 궤도처럼
당신 주머니엔 돈이 잔뜩 들었는데, 날 전혀 도와줄 수
없네요
어두운 아가씨, 당신이 입고 있는 드레스는 너무 무거워요

사랑스러운 천사, 당신은 눈부신 불빛과 변화하는 바람
속에서 태어났죠
정말 미치겠어요, 당신은 알잖아요 당신이 누군지, 그동안
어디 있었는지
천장을 쳐다봐요, 의자 위에 서요
큰불이 이글거려요, 공중에 재가 날려요
사랑스러운 천사, 당신이 그 뒤에서 뭘 했을지 궁금해요

전 풀이 죽었어요, 환상의 세계가 바로 제 문밖에 있죠
당신이 부르는 소리가 들려요, 예전에 듣던 것과 같은

소리네요
  굴속의 사자처럼 들판 위를 기어요
  무지개 끝에 있을 죽음을 향해 가요
  삶이 고달픈 엄마, 다시 또 길을 떠나봐요

너의 뭔가가

너의 뭔가가 내 안의 성냥에 불을 밝혀
네 몸이 움직이는 모습 때문일까, 아니면 네 머리칼이
자유롭게 날리는 모습 때문일까?
아니면 네가 내게 과거의 무언가를,
다른 세기에서 건너온 무언가를 떠올리게 하기 때문인 걸까?

난 내 젊었던 시절의 경이와 유령들을 모두 떨쳐버린 줄
알았어
오대호 위로 비 내리던 날들, 옛 덜루스에서 언덕을
거닐던 일
거기엔 나와 대니 로페즈, 차가운 두 눈, 칠흑 같은 밤,
그리고 루스가 있었지
너의 뭔가가 오래전에 잊혀버린 진실을 되살아나게 해

불현듯 난 널 발견했지, 내 마음은 노래해
더 볼 필요도 없어, 넌 수많은 것들의 영혼이야
너만을 바라볼 거라고 말할 수 있어 난, 달콤하고 편안한
목소리로 단숨에 그렇다고 말할 수 있어
하지만 네게 그건 잔인한 일이 될 테고, 나는 분명 죽을 만큼
괴로워지겠지

너에겐 뭔가가 있지, 우아하고 고상해
회오리바람 속에 있었던 난, 이젠 더 나은 곳에 있어
내 손은 사브르 검 위에 가 있고 넌 지휘봉을 들고 있어

너에겐 뭔가가 있어, 딱 꼬집어서 말할 수 없는 뭔가가

장송곡

널 사랑한 나 자신과 내가 보인 나약함이 싫어
넌 그저 자살 로드로 가는 여행길 위에서 만난 치장한
얼굴에 불과했어
무대가 마련돼 있었고, 오래된 호텔 주위는 모두 불이 꺼져
있었지
널 사랑한 나 자신이 싫어, 막이 내려서 참 다행이야

우리가 했던 바보 짓거리들과 네가 필요하다고 티를 냈던
내가 싫어
그리고 넌 내게 자비를 베풀었지, 어디 누가 생각이나
했겠어?
로어 브로드웨이로 나간 난 가슴으로 그곳을 느꼈어
순교자들이 눈물 흘리고 천사들이 죄를 갖고 장난치는 그
공허한 장소를

자유와 영원히 발가벗겨진 남자에 대해 네가 노래 부르는 걸
들었지
등에 채찍을 맞는 동안 그는 어리석음을 연기해
쳇바퀴 도는 노예처럼 길들여질 때까지 두들겨맞아
모두 한순간의 영광을 위해서지, 그건 더럽고 끔찍한 수치야

외로움을 숭배하는 자들이 있어, 난 그런 사람이 아니야
이 유리섬유의 시대에 난 보석을 찾고 있지
벽에 걸린 수정 구슬은 아직 내게 아무것도 보여주지 않았어

난 고독의 대가를 지불했지만, 그래도 마침내 빚을 다
갚았다고

네가 날 위해 해준 것 중에 쓸모 있는 게 딱히 떠오르지
않아
언젠가 한 번 내가 무릎을 꿇었을 때, 내 등을 토닥거려줬던
걸 빼고는
우린 한 명이 피할 때까지 서로 눈을 바라봤었지
사과해도 소용없어, 그런다고 뭐가 달라지겠니?

그러니 진보를 찬미하고 멸망의 기계를 찬미하렴
발가벗겨진 진실은 아직도 드러날 때마다 금기시되지
내게 빛을 비춰주는 행운의 여신이 내가 있는 곳을 네게
알려줄 거야
널 사랑한 나 자신이 싫지만, 이젠 극복해야만 해

운명의 단순한 장난

그들은 공원에 함께 앉아 있었지
저녁 하늘이 점점 더 어두워져갈 때
그녀가 그를 보았어 그러자 그는 뼛속까지 얼얼해오는 어떤
불꽃을 느꼈고
바로 그때였지 그가 외롭다고 느낀 것은, 곧장 가고 싶어졌던
것은
그리고 운명의 단순한 장난을 조심하게 된 것은

그들은 오래된 운하를 따라 걸었지
조금은 혼란스러워하면서, 난 분명히 기억해
그러고는 네온 밝게 타오르는 어느 낯선 호텔로 들어갔지
그는 느꼈지 밤의 열기가 마치 화물 열차처럼 자신에게
부닥쳐오는 것을
단순한 운명의 장난에 따라 움직이는

멀리 어디선가 색소폰 연주하는 소리 들려왔지
그녀가 아케이드를 따라 걸어가고 있을 때
빛이 쏟아져들어왔지, 그가 잠에서 깨어나고 있는 낡아빠진
그늘 속으로
그녀는 입구에서 맹인 앞에 놓인 컵에 동전을 떨어뜨렸고
운명의 단순한 장난에 대해서는 잊어버렸지

그는 깨어났고, 방은 텅 비어 있었지
어디서도 그녀의 모습 볼 수 없었지

그는 스스로에게 말했지 상관없다고, 그러고는 창을 활짝
열었지
  그는 알 수 없는 내면의 공허를 느꼈지
  운명의 단순한 장난에서 비롯한

  그는 시계가 째깍거리는 소리를 듣고 있어
  말하는 앵무새 한 마리와 함께 길을 걷고 있지
  선원들 모두 돌아오는 부둣가 선창 따라 그녀의 뒤를 쫓고
있어
  아마도 그녀는 다시 그를 선택할 거야, 얼마나 오래 그는
기다려야 할까
  한번 더, 운명의 단순한 장난을 위해

  사람들은 내게 말하지
  마음속으로 너무 많은 걸 알고 느끼는 건 죄악이라고
  나는 여전히 그녀가 나의 반쪽이라고 믿고 있지, 하지만 난
반지를 잃어버렸어
  그녀는 봄에 태어났지, 반면 나는 너무 늦게 태어났어
  그저 운명의 단순한 장난을 탓할 수밖에

멍청이 바람

누군가가 날 위해 그걸 모았지, 언론에서는 그걸로 이야기를
만들어내고 있어
그게 누구든 작작 좀 했으면 해 하지만 언제쯤 그 짓을
멈출지 그저 짐작만 해볼 뿐
그들은 내가 그레이라는 남자를 쐈대 그리고 그의 아내를
이탈리아로 데려갔다고
그녀는 수백만 달러 유산을 물려받았고 그녀가 죽으면 그 돈
전부 내 것이 될 거라고
내가 운이 좋다면 마다할 이유는 없겠지

사람들은 줄곧 나만 보고 있을 뿐 행동하는 법에 대해서는
잊어버렸어
그들 마음속은 거창한 생각과 이미지와 왜곡된 사실 들로
가득차 있어
심지어 당신조차, 어제 당신은 내게 그것이 어디에 있는지
물어봐야만 했지
믿기지 않았어, 여러 해 지났는데도 당신이 그 매력적인
부인보다도 더 나를
모르고 있다는 게

멍청이 바람, 당신이 입을 움직일 때마다 불어오는
남쪽으로 뻗은 뒷길을 따라 불어가는
멍청이 바람, 당신이 이빨을 움직일 때마다 불어오는
당신은 멍청이야, 자기

당신이 아직 숨쉬는 법은 잊지 않았다는 게 놀라울 뿐

난 점쟁이에게 달려갔지, 번개 떨어질지 모르니
조심하라더군
평온을 느껴본 지 너무 오래돼서 이젠 그게 어떤 거였는지도
기억나지 않아
한 외로운 군인이 십자가 위에 있어, 연기가 열차 화물칸
문밖으로 쏟아져나오고 있어
당신은 그걸 몰랐지, 그게 이뤄질 수 있다 생각지 않았지,
결국 마지막엔 그가 전쟁에 이겼어
모든 전투에 패배한 뒤에

나는 길가에서 깨어나, 때때로 벌어지는 일들을 몽상했지
당신의 밤색 암말 환영이 내 머릿속을 뚫고 들어와 어질어질
별이 보이게 했어
당신은 내가 가장 사랑하는 것들을 상처 입히고 거짓말로
진실을 가려버리지
어느 날 당신은 도랑 속에 있을 거야, 파리들은 당신 눈
주위를 왱왱거리고
당신의 안장 위에는 피가

멍청이 바람, 당신의 무덤 위 꽃들을 스쳐가는
당신의 방 커튼 사이로 불어오는
멍청이 바람, 당신이 이빨을 움직일 때마다 불어오는

당신은 멍청이야, 자기
당신이 아직 숨쉬는 법은 잊지 않았다는 게 놀라울 뿐

그것은 우리를 아래로 잡아당기는 중력이었고 우리를
산산조각 낸 운명이었지
당신은 내 우리 속 사자를 길들였지만 그 정도로는 내 마음
바꿔놓기에 충분치 않았지
이제 모든 게 조금씩 거꾸로 뒤집혀 있고, 사실상 바퀴는
멈춰 있어
좋은 것은 나쁘고, 나쁜 것은 좋아, 꼭대기에 도달하면
당신은 깨닫게 될 거야
당신이 바닥에 있다는 것을

그 예식 때 알아차렸지, 당신의 부패한 방식들이 마침내
당신을 눈멀게 했다는 것을
당신의 얼굴 더이상 기억나지 않아, 당신의 입은 변했고,
당신의 눈은 내 눈을 들여다보지 않아
사제는 일곱번째 날에 검은 옷을 입고 돌처럼 굳은 얼굴로
앉아 있었지 그 건물이 불타는 동안
난 자동차 발판 위에서 당신을 기다렸어 사이프러스 나무들
근처에서, 봄이 천천히
가을로 변하는 동안

멍청이 바람, 내 머리 주위의 동그라미처럼 불어가는

그랜드쿨리 댐에서 국회의사당까지
멍청이 바람, 당신이 이빨을 움직일 때마다 불어오는
당신은 멍청이야, 자기
당신이 아직 숨쉬는 법은 잊지 않았다는 게 놀라울 뿐이야

더는 당신을 느낄 수 없어, 당신이 읽은 책들조차 만질 수가
없어
살금살금 당신의 문을 지나쳐갈 때마다 난 내가 다른
누군가이기를 바랐지
고속도로를 따라, 철로를 따라, 황홀경으로 가는 길을 따라
나는 당신을 따라갔지 별들 아래로, 당신의 기억에
당신의 모든 격렬한 영광에 쫓기면서

난 마지막의 마지막까지 배신당했지 그리고 이제 난 마침내
자유로워
나는 당신과 나를 떼어놓았던 그 경계선 위에서 울부짖는
짐승에게 작별 키스를 했지
당신은 내가 겪은 상처를 결코 모를 거야, 내가 넘어서는 그
고통도
그리고 나 역시 당신의 것에 대해 절대 알지 못하겠지,
당신의 성스러움 혹은 당신만의 사랑에 대해서도
그리고 그게 안타까운 기분이 들게 해

멍청이 바람, 우리의 코트 단추 사이로 불어오는

우리가 쓴 편지들에게로 불어오는
멍청이 바람, 우리의 선반에 쌓인 먼지 위로 불어오는
우린 멍청이야, 자기
우리가 스스로를 먹여살릴 수 있다는 게 놀라울 뿐이야

릴리, 로즈메리, 그리고 하트의 잭

축제는 끝났다, 소년들은 모두 가을을 위한 계획을 짜고
있다
카바레는 벽에 구멍 뚫는 소리만 제외하면 조용했다
통금시간은 해제되었고 룰렛 바퀴는 멈췄다
분별 있는 사람들은 전부 이미 도시를 떠났고
그는 출입구에 서 있었다, 하트의 잭 같은 모습으로

그는 거울 달린 방을 가로질러 갔다, "모두를 위해 그걸
준비해", 그가 말했다
그러자 모두가 하기 시작했다, 그가 있는 쪽으로 머리를
돌리기 전에 그들이 하고 있던 것을
그런 다음 그는 한 낯선 사람에게 걸어가 씩 웃으며 물었다
"부탁하건대, 친구, 쇼가 몇시에 시작하는지 알려주시겠소?"
그리고 그는 구석으로 가 얼굴을 숙였다, 마치 하트의 잭처럼

무대 뒤편의 여자들은 계단 옆에서 파이브-카드 스터드*를
하고 있었다
릴리는 퀸 두 장을 쥐고 있었고 세번째 카드가 그 두 장과
어울리는 카드이기를 바라고 있었다
바깥 거리들은 사람들로 가득 채워지고 있었고, 창은 활짝
열려 있었다
부드러운 미풍이 불어오고 있었고, 당신은 실내에서 그것을
느낄 수 있었다
릴리는 또 한번 베팅을 했고 그녀가 집어든 카드는 하트의

잭이었다

빅 짐은 빈틈없는 자였다, 그 도시의 하나 있는 다이아몬드
광산이 그의 소유였다
그는 자신의 평상시 입장하는 모습을 근사하고 멋있게
보이게 했다
그의 경호원들과 은지팡이, 그리고 한점 흐트러짐 없는
헤어스타일로
그는 원하는 것은 무엇이든 가졌고 그런 다음 그것을 완전히
망가뜨렸다
하지만 그의 경호원들과 은지팡이조차 하트의 잭에게는
상대가 되지 않았다

로즈메리는 머리를 빗은 다음 마차를 타고 시내로 갔다
그녀는 옆문으로 살며시 들어갔다, 왕관을 쓰지 않은 여왕의
모습으로
그녀는 가짜 속눈썹을 깜박거리면서 그의 귀에 속삭였다
"늦어서 미안해요, 자기" 하지만 그는 듣고 있는 것 같지
않았다
그는 하트의 잭 앞의 허공을 응시하고 있었다

"난 알지 내가 예전에 저 얼굴을 본 적이 있다는 걸" 빅 짐은
마음속으로 생각하고 있었다
"아마 멕시코에서였던가, 아니면 누군가의 선반에 세워져

있던 어느 사진 속에서"

하지만 그때 군중이 발을 구르기 시작했고 객석의 조명은
어두워졌다

그리고 그 어둠 속에서 그녀를 보고 있던 건 오직 짐과 그
자신뿐이었다

이제 막 하트의 잭을 뽑아든 그 바람둥이 여자를

릴리는 공주였다, 어렸을 때 그녀는 살결이 하얀 사랑스러운
아이였다

그녀는 해야 하는 것은 무엇이든 했다, 웃을 때마다 그녀의
얼굴에서는 그 은근한 색기가 드러났다

그녀는 온전치 못한 가정이던 고향집을 떠났고, 온갖
직업의 남자들과

여러 번 기묘한 연애를 했다, 그리고 그 남자들은 그녀를
어디든 데리고 다녔다

그런 그녀인데도 하트의 잭과 꼭 닮은 그런 남자는 여태껏
본 적이 없었다

교수형 내리기를 좋아하는 재판관이 눈에 띄지 않게 안으로
들어와 술과 음식을 대접받고 있었다

벽 구멍 뚫기가 계속되었지만 아무도 그것에 신경쓰는 것
같지 않았다

릴리가 짐의 반지를 가졌다는 것은 온 도시에 알려져 있었다

그리고 릴리와 킹 사이에는 그 어떤 일도 일어나지 않을

것이었다
　아무렴, 그 어떤 일도, 하트의 잭하고면 또 몰라도

　로즈메리는 폭음하기 시작했고 나이프에 비친 자신의
모습을 보고 있었다
　그녀는 남의 이목을 끄는 것에도, 빅 짐의 아내 역할을 하는
것에도 싫증이 났다
　그녀는 나쁜 짓을 많이 했고 한번은 자살을 시도하기도
했다
　죽기 전에 한 번은 좋은 일을 해야겠다고 생각하고 있었다
　그녀는 자신의 미래를 바라보고 있었다, 그리고 그 미래는
하트의 잭에게 달려 있었다

　릴리는 얼굴을 씻고 드레스를 벗어 그것을 땅에 묻었다
　"운을 다 써버렸나보죠?" 그녀가 그를 놀렸다, "음, 당신은
언젠가 운이 다할 날이 오리라 예상했어야 해요
　벽에 닿지 않게 조심해요, 새로 페인트칠을 했거든요
　아직 살아 있는 당신을 봐서 기뻐요, 당신 꼭 성인聖人처럼
보이네요"
　복도를 따라 발소리가 하트의 잭을 향해 다가오고 있었다

　무대 뒤 매니저는 자기 의자 주위를 서성거리고 있었다
　"뭔가 이상한 일이 벌어지고 있어," 그가 말했다 "그냥 그런
기운이 느껴져"

그는 교수형 내리길 좋아하는 재판관에게 갔다, 하지만 그는
술에 취해 있었다
　주연배우가 수도승 복장을 한 채로 황급히 나가버리고 난
뒤에는
　그 어디에도 하트 잭보다 나은 배우는 없었다

　릴리의 팔이 그 남자를 꼭 껴안고 있었다, 그녀가 몹시
만지고 싶어했던 그 남자를
　그녀는 견딜 수 없었던, 자신을 그토록 따라다니며 괴롭혔던
그 남자에 대해서는 싹 잊었다
　"당신이 너무 그리웠어요," 그녀가 그에게 말했다, 그리고
그는 그녀가 진심이라고 느꼈다
　반면 문 바로 너머의 그 남자는 질투와 두려움을 느꼈다
　하트의 잭, 그의 인생에 있어서는 단지 그저 그런 수많은
밤들 중 하나에 불과할 뿐일 그런 밤에

　아무도 그 상황에 대해 몰랐지만 사람들은 그것이 순식간에
벌어진 일이라고 말한다
　분장실 문이 벌컥 열리고 차가운 권총이 딸깍 소리를 냈다
　그리고 빅 짐이 거기 서 있었고, 너는 놀라서 아무 말도 할
수 없었다
　그의 바로 곁에 있던 로즈메리, 그녀의 눈빛은 침착했다
　그녀는 빅 짐과 함께 있었지만 그녀의 마음은 하트의 잭에게
기울어 있었다

두 개의 문이 바닥으로 쓰러지고 소년들은 드디어 벽을 뚫고
들어갔다
  그리고 은행금고를 몽땅 털었다, 그들이 상당히 두둑하게
챙겨 떠났을 거라고 사람들은 말한다
  강바닥 근처의 어둠 속에서 그들은 땅 위에 서서 기다렸다
  볼일이 있어 시내로 돌아간 또 한 명의 멤버를
  그들은 하트의 잭 없이는 한걸음도 더 갈 수 없었다

  다음날은 교수형 집행일이었다, 하늘은 구름으로 뒤덮여
어두웠다
  등뒤에서 펜나이프에 찔려 살해당한, 빅 짐은 천에 덮여
누워 있었다
  그리고 교수대 위의 로즈메리, 그녀는 눈도 한 번 깜박이지
않았다
  교수형 내리기 좋아하는 재판관은 맨정신이었다, 그전에
술을 마시지 않았기에
  그 현장에서 빠진 유일한 사람은 하트의 잭이었다

  카바레는 이제 텅 비어 있었다, 표지판에는 "내부
수리중"이라고 적혀 있었다
  릴리는 이미 머리에서 염색물을 다 뺀 뒤였다
  그녀는 그녀의 아버지를 생각하고 있었다, 얼굴도 몇 번 본
적 없는 그를

그녀는 로즈메리를 그리고 법률을 생각했다
하지만 무엇보다도 그녀의 머릿속을 채우고 있던 것은
하트의 잭, 바로 그였다

* 포커 게임의 한 종류.

아이시스

난 아이시스와 5월 5일에 결혼했지
하지만 그녀에게 그렇게 오래 붙어 있을 순 없었어
그래서 난 머리를 자르고 곧장 떠나버렸어
내가 잘못될 일이 없을 거친 미지의 나라로

난 어둠과 빛이 있는 산꼭대기 신전으로 갔지
마을 중간에 경계선이 그어져 있었어
난 조랑말을 오른쪽 말뚝에 매두고선
옷을 빨러 세탁소에 갔어

구석에 있던 남자가 내게 오더니 성냥을 좀 빌리자고 했지
나는 단박에 그가 평범하지 않다는 걸 알아차렸어
그가 말했어, "뭔가 얻기 쉬운 걸 찾고 있소?"
난 말했지, "저 돈 없는데요." 그가 말했어, "돈은 필요 없어"

그날 밤 우린 북쪽의 추위를 향해 출발했어
난 그에게 내 담요를 주었고, 그는 내게 약속을 해주었지
  내가 말했어, "우리 어디로 가는 건가요?" 4일까지는 돌아올
거라고 그가 말했어
  나는 말했지, "그거 듣던 중 좋은 소식이군요"

  난 터키석에 대해 생각하고 있었어, 난 황금에 대해
생각하고 있었지
  난 다이아몬드와 세상에서 가장 큰 목걸이에 대해 생각하고

있었어
　우리가 지독한 추위를 뚫고서 협곡을 달릴 때
　난 아이시스를 생각했지, 그녀가 날 얼마나 무모한 인간으로
여겼을지를

　우리 언젠가 다시 만날 거라고
　우리 다음번에 결혼한다면 뭔가 달라질 거라고 그녀가
말했던 걸 생각했어
　만일 내가 계속 버틸 수만 있다면, 그리고 그저 그녀의
친구가 될 수 있다면
　난 여전히 그녀가 했던 모든 멋진 말들을 기억할 수가 없네

　우린 온통 얼음에 파묻힌 피라미드로 갔어
　그는 말했지, "저기 내가 찾으려는 시신이 있소
　꺼내 오면 몹시 비싸게 팔릴 테지"
　그때 난 알았어, 그가 뭘 생각하고 있었는지를

　바람은 울부짖었고 눈발은 미쳐 날뛰었어
　우린 밤새 얼음을 깼고 새벽 내내 얼음을 깼지
　그가 죽었을 때 난 전염병 때문은 아니었길 바랐어
　그렇지만 계속 해나가야겠다고 결심했지

　난 무덤 속으로 몰래 들어갔어, 하지만 관은 텅 비어 있었지
　거기엔 보석이 없었어, 아니 아예 아무것도, 속은 기분이었지

단지 내 파트너가 친절할 뿐이라고 생각했을 때
내가 그의 제안을 받아들였을 때, 난 미쳤던 게 분명해

난 그의 시체를 들고선 안쪽으로 끌고 왔어
텅 빈 데다 그를 던져버리고 다시 뚜껑을 덮었지
난 짧게 기도를 드리고선 만족감을 느꼈어
그리고 다시 돌아왔지 아이시스를 찾기 위해, 오로지
그녀에게 사랑한다는 말을 해주기 위해

그녀는 예전에 시냇물이 불어 넘치던 초원에 있었어
잠을 못 자 앞이 거의 보이지 않는 지경이 된 채
난 두 눈에 햇빛을 받으며 동쪽에서 그곳에 이르렀어
그녀에게 욕을 한번 퍼붓고는 계속 달렸지

그녀가 말했어, "어디 있다 왔어?" 난 말했지, "딱히 특별한
데는 아니야"
그녀가 말했어, "너 달라 보인다." 난 말했지, "글쎄, 별로
그렇지 않은데"
그녀가 말했어, "넌 떠났었잖아." 난 말했지, "그건 당연한
일이지"
그녀가 말했어, "계속 여기 있을 거니?" 난 말했지, "응,
아마도"

아이시스, 오 아이시스, 신비로운 아이여

날 네게로 향하게 하는 그것, 바로 그게 나를 미치게 만들지
난 여전히 기억해 네가 웃던 모습을
부슬부슬 비가 내리던 5월 5일의 그날에

커피 한 잔 더
(골짜기 아래로)

너의 숨결은 달콤하고
너의 눈은 하늘에 박힌 두 개의 보석 같아
너의 등은 곧고, 베고 누운 베개 위
네 머릿결은 부드러워
하지만 애정은 느껴지질 않아
고마운 마음이나 사랑도
너는 내가 아니라
저 하늘 위 별들에게만 충실하니까

길을 떠나기 위해 커피 한 잔 더
골짜기 아래로 떠나기 전에
커피 한 잔 더

너의 아빠는 무법자야
직업은 방랑자지
그는 네게 까다롭게 고르는 법과
칼 던지는 법을 가르쳐줄 거야
그는 자신의 왕국을 감시하지
어떤 이방인도 침입하지 않도록
음식 한 접시를 더 시킬 때
그의 목소리는 떨려

길을 떠나기 위해 커피 한 잔 더
골짜기 아래로 떠나기 전에

커피 한 잔 더

너의 자매는 미래를 보지
너의 엄마와 네가 그런 것처럼
너는 읽거나 쓰는 법을 배운 적이 없어
너의 선반에는 책이 한 권도 없지
그리고 네 기쁨은 끝 간 데를 몰라
너의 목소리는 들종다리 같아
하지만 마음은 바다와도 같지
신비하고도 어두워

길을 떠나기 위해 커피 한 잔 더
골짜기 아래로 떠나기 전에
커피 한 잔 더

세라*

난 모래언덕에 누웠어, 난 하늘을 봤지
우리 아이들이 아기였던 시절, 해변에서 놀던 시절에
당신은 내 뒤로 다가왔었어, 난 당신이 지나가는 걸 봤지
당신은 늘 아주 가까운 곳에 있었고 지금도 손닿을 곳에 있어

세라, 세라
대체 뭐가 당신 마음을 바꿔놓은 거야?
세라, 세라
보는 건 정말 쉽지만, 설명하긴 정말 어려워

여전히 내 눈엔 모래밭에서 양동이를 들고 노는 아이들의
모습이 보여
녀석들은 양동이를 채우러 바다로 뛰어가지
여전히 내 눈엔 아이들의 손에서 조개껍질 떨어지는 모습이
보여
녀석들이 다시 언덕을 오르려고 서로를 쫓는 동안 말이지

세라, 세라
사랑스럽고 순수한 천사, 달콤한 내 인생의 사랑
세라, 세라
영롱한 보석, 신비스러운 아내

한밤에 숲에서 불을 피워놓고 잠을 자
포르투갈 바에서 화이트 럼을 마셔

녀석들은 등 짚고 뛰어넘는 놀이를 하고, 백설 공주
이야기를 듣지
당신은 사반나 라 마르의 시장에 있어

세라, 세라
모든 게 너무나도 선명해, 절대 잊을 수가 없어
세라, 세라
당신을 사랑하는 걸 절대 후회하지 않을 거야

여전히 내 귀에는 감리교회의 종소리가 들려
난 치료를 받았어, 그리고 이겨내버렸지
첼시 호텔에서 몇 날 며칠을 깬 채로
당신을 위해 「로랜드의 슬픈 눈 여인」을 쓰면서

세라, 세라
우린 어딜 여행하든 절대 떨어지지 않아
세라, 오 세라
아름다운 여인, 너무나도 소중한 사람

내가 당신을 어떻게 만났더라? 잘 모르겠어
열대성 폭풍우 속에 있을 때 전령이 내게 보내줬나봐
당신은 눈 위로 달빛이 내리던 그 겨울에 그곳에 있었어
그리고 날씨가 따뜻했을 땐 릴리 폰드 레인에 있었지

세라, 세라
캘리코 드레스를 입은 전갈자리 스핑크스
세라, 세라
당신은 나의 하찮음을 용서해야만 해

이제 해변은 황량해, 드문드문 보이는 해초들과
해변에 누워 있는 낡은 배의 잔해를 빼고는
내가 도움이 필요했을 때 당신은 늘 응답해주었지
당신의 문으로 가는 지도와 열쇠를 주었지

세라, 오 세라
활과 화살을 든 매혹의 요정
세라, 오 세라
절대 날 떠나지 마, 절대로 떠나지 마

* 밥 딜런의 첫번째 아내 세라 로운즈.

어렴풋한 금빛

자욱한 가을밤, 하늘엔 별이 총총해
난 만을 가로질러 항해하는 작은 돛단배들을 봐
유칼립투스 나무 이파리들이 거리 위를 드리우고 있어
그러고는 난 고개를 돌리네, 네가 내게로 오고 있으니까
물 위에 어린 달빛, 어부의 딸이 내 방으로 흘러들어와
어렴풋한 금빛으로

우선 우린 불멸의 신전 가까이에서 발을 씻지
그러고는 우리의 그림자들이 만나, 그러고서 우리는 와인을
마셔
네 얼굴 위로 굶주린 구름들이 보이네
그러고는 눈물이 흘러내려, 그 맛은 얼마나 쓴지
그리고 너는 떠내려가, 들꽃이 만발한 어느 여름날
어렴풋한 금빛으로

난 음울한 빛 속에서 다리 위를 걸어
밤이 들어오는 문들 사이, 자동차들이 모두 해체된 곳에서
난 연꽃 꼬리를 단 채 떨고 있는 사자를 봐
그러고는 너의 베일을 들추며 네 입술에 키스하지
하지만 넌 사라졌고, 내가 기억하는 건 향수 냄새와
너의 어렴풋한 금빛뿐

하늘에서 밤이 내릴 때

들판을 가로질러 바깥을 내다봐, 돌아오는 내 모습을 봐
네 두 눈에 우수가 어리고, 넌 미소를 짓네
네게 보냈던 내 편지들이 불타는 벽난로에서
넌 잠시 생각해볼 시간을 가졌잖아

이봐, 난 이백 마일을 걸어왔어, 이제 날 좀 바라보지그래
추격은 끝났고, 달은 높이 떴어
누가 누굴 사랑하는지가 중요하진 않을 거야
네가 날 사랑하거나, 아니면 내가 널 사랑하는 거겠지
하늘에서 밤이 내릴 때

네 마음속이 훤히 들여다보여, 네가 아파하고 있다는 거
알아
슬픔이 망토처럼 널 휘감고 있어
난 알아, 네가 줄곧 시시덕거렸던 재앙으로부터
어제 겨우 벗어났다는 걸

난 네게 쉬운 답을 줄 수 없어
대체 네가 뭐라고 내가 거짓말을 해야만 하지?
너도 다 알게 될 거야, 내 사랑
장갑처럼 네게 꼭 들어맞을 거라고
하늘에서 밤이 내릴 때

네 떨리는 심장이 강물처럼 뛰는 소리가 들려

넌 분명 누굴 보호하고 있었어, 지난번 내가 불렀을 때
말이야
난 요구한 적 없어 네가 내놓을 수 없는 그 어떤 것도
난 부탁한 적 없어 너 스스로 무모한 짓을 저지르라고

난 어둠을 극복할 수도 있었을 수많은 사람들을 봤어
더러운 돈을 향한 사랑 때문에 그들이 죽어가는 꼴을 봤지
내 옆에 있어, 자기야, 우리 아직 안 끝났어
날 찾지 마, 내가 널 볼 테니
하늘에서 밤이 내릴 때

네 눈물방울에서, 난 거기 비친 내 모습을 봐
내가 경계를 넘은 곳은 텍사스 북부 국경이었어
애정에 굶주린 바보가 되고 싶지 않아
다른 누군가의 와인 속에서 익사하고 싶지 않단 말이야

아마도 영원히 난 기억할 것만 같아
네 두 눈 속에서 울부짖던 그 칼바람을
넌 날 찾으려 할 거야, 그리고 날 발견하겠지
네 마음의 황무지에서
하늘에서 밤이 내릴 때

이봐, 난 내 감정을 편지에 담아 네게 보냈어
하지만 넌 내 도움을 얻을 요행만을 바라고 있었지

내일 이맘때면 나는 널 더 잘 알게 될 테지
아직 내 기억력이 그리 나쁘지 않을 때 말이야

이번에 난 네게 자유를 요구할 거야
네가 부정하는 세상으로부터의 자유를
그리고 넌 이제 그걸 내게 줄 테고
어쨌든 난 그걸 받겠지
하늘에서 밤이 내릴 때

때맞춰 태어나

외로운 밤
연한 푸른빛으로 깜박이는 황홀함 속에서
당신은 흑과 백으로 내게 와요
우리가 꿈으로 만들어졌을 때

당신은 흔들리는 거리를 후 불어 꺼요
당신은 내 심장 뛰는 소리를 듣죠
기록적인 더위 속에서
우리가 때맞춰 태어났던 곳에서

'하룻밤만 더'는 없어요, '키스 한 번만 더'도 안 돼요
그대여, 이번에는 안 돼요, 더이상은 안 돼요
너무 많은 기술이 필요하죠, 너무 많은 의지가 필요해요
다 드러나고 있어요
당신은 왔고, 당신은 봤죠, 마치 법처럼
당신은 어려서 결혼했어요, 마치 당신 엄마처럼
당신은 노력하고 또 노력했어요, 날 미끄러뜨렸죠
당신은 날 이렇게 비틀거리게 만들어놓았어요

오르막 커브길 위
자연의 섭리가 모든 용기를 시험하는 곳에서
받을 자격이 없는 건 하나도 얻지 못할 거예요
우리가 때맞춰 태어났던 곳에서

당신은 날 한 번 압박했고, 당신은 날 두 번 압박했어요
불길을 매달아놓았죠, 당신은 대가를 치를 거예요
오 그대여, 저 불은
여전히 타오르고 있어요
당신은 눈이었어요, 당신은 비였죠
당신은 줄무늬였어요, 당신은 민무늬였죠
오 그대여, 이보다 더 진실한 약속은
말해진 적도, 깨진 적도 없어요

신비의 언덕에서
안개 자욱한 운명의 거미줄에서
당신은 내게 남겨진 것들을 가져도 돼요
우리가 때맞춰 태어났던 곳에서

상황이 변했다

근심스런 마음 가진 근심스런 남자
내 앞엔 아무도 없고 뒤에도 아무것도 없지
내 무릎 위엔 한 여자 있고 그녀는 샴페인을 마시고 있어
하얀 피부, 내 눈엔 피가
나는 사파이어빛 하늘을 올려다보고 있어
잘 차려입고서, 마지막 기차를 기다리고 있지

교수대 위에 서서 올가미에 머리 집어넣은 채
이제 곧 찾아올 지옥문 열릴 순간 기다리며

사람들은 미쳤고 세월은 낯설어
난 비좁은 곳에 갇혀 멀리 떨어져 있어
그동안 마음 써왔건만, 상황이 변해버렸지

이 장소는 내게 조금도 좋지 않아
도시를 잘못 골랐어, 할리우드에 있어야 하는 건데
잠깐 동안 거기서 생각했지 무언가 움직이는 걸 본 것
같다고
댄스 수업을 들어야겠어, 지르박을 춰야지
쇼트커트는 안 돼, 여장을 해야지
이곳에선 오직 바보만이 자신이 증명할 무언가를 갖고
있다고 생각할 거야

다리 아래엔 많은 물, 그리고 다른 많은 것들

일어날 것 없소 신사 양반들, 단지 지나가려는 것뿐이니

사람들은 미쳤고 세월은 낯설어
난 비좁은 곳에 갇혀 멀리 떨어져 있어
그동안 마음 써왔건만, 상황이 변해버렸지

거친 길을 사십 마일째 걷고 있어
성경이 옳다면, 세상은 폭발할 거야
난 그동안 최대한 나 자신으로부터 멀리 떨어지려고
애써왔지
어떤 것들은 너무 뜨거워서 만질 수 없어
인간의 마음은 딱 그만큼만 견딜 수 있지
애초에 패할 패를 들고서는 이길 수 없어

마주치는 첫 여자와 사랑에 빠지고 싶어
그녀를 손수레에 태우고 거리를 달리고 싶어

사람들은 미쳤고 세월은 낯설어
난 비좁은 곳에 갇혀 멀리 떨어져 있어
그동안 마음 써왔건만, 상황이 변해버렸지

난 쉽게 상처받지, 단지 드러내지 않을 뿐
당신은 누군가를 아프게 하고는 그 사실도 모를 수 있어
다음 육십 초는 영원과도 같을 수 있어

아래로 낮게 내려갈 거야, 높이 날아오를 거야
세상의 모든 진실을 합하면 하나의 커다란 거짓말이 되지
난 전혀 매력적이지 않은 한 여자와 사랑에 빠졌어

징크스 씨와 루시 양, 그들은 호수로 뛰어들었지
난 그렇게 열정적이지 않아, 실수를 저지를 만큼

사람들은 미쳤고 세월은 낯설어
난 비좁은 곳에 갇혀 멀리 떨어져 있어
그동안 마음 써왔건만, 상황이 변해버렸지

미시시피

내딛는 모든 발걸음마다 우린 중립을 지키지
넌 죽을 날이 머지않았어, 나 또한 그래
시간은 쌓여가고, 우린 투쟁하며 무진장 애를 써
우린 모두 에워싸였고, 도망칠 곳은 아무데도 없네
도시는 그냥 정글이야, 벌여야 할 일들은 계속되고
거기 한복판에 갇혀, 벗어나려 애를 쓰지
난 시골에서 자랐어, 난 도시에서 일해왔네
여행가방을 내려놓은 후로 줄곧 곤경에 처해 있어
네게 줄 건 아무것도 없어, 전에도 가진 건 없었지
더이상 날 위한 그 어떤 것도 가지고 있질 않아
불로 가득한 하늘, 고통이 쏟아져내려
어디서 약을 팔려고 그래, 또 보자고
너무나도 숭고한 내 모든 표현들과 생각들의 힘으로도
절대 널 공정하게 대할 수 없었어, 합당하거나 말이 되도록
말이야
내가 잘못한 건 딱 한 가지뿐
미시시피에 너무 오래 머물렀네

글쎄, 악마는 골목에 있고, 노새는 마구간에 있어
하고 싶은 말이 있으면 뭐든 해보렴, 전에 다 들은 거겠지만
난 로지가 말했던 것들을 생각하고 있었어
로지의 침대에서 자는 꿈을 꾸고 있었지
나무에서 떨어지는 잎들 사이를 거닐며
누구도 모르는 이방인 같은 기분을 느끼며

우리가 절대 되돌릴 수 없을 정말 많은 일들
네가 미안해한다는 거 알아, 나도 미안해
누구는 네게 손을 내밀고, 누구는 그러지 않을 거야
어젯밤 난 널 알았지만, 오늘밤엔 난 널 몰라
내 기분을 바꿔줄 강력한 뭔가가 필요해
난 눈이 멀어버릴 때까지 널 쳐다볼 거야
글쎄, 난 남쪽의 별을 따라 여기까지 왔네
그저 네가 있는 곳에 오기 위해 저 강을 건넜어
내가 잘못한 건 딱 한 가지뿐
미시시피에 너무 오래 머물렀네

있잖아, 내 배는 산산조각이 났어, 빠르게 침몰하고 있지
난 독약 속에 익사하고 있어, 미래는 없어, 과거도 없지
하지만 내 마음만은 지치지 않았어, 가볍고도 자유로워
나와 함께 항해해온 모든 이들에게 난 애정 말곤 가진 게
없네
다들 움직이지, 이미 거기 가 있는 게 아니라면
다들 어딘가로 움직여야만 해
내 곁에 있어 그대여, 어쨌거나 내 곁에 있어
아마 지금부터 서서히 일이 재미있어질 테니
내 옷은 젖었어, 내 피부에 타이트하게 달라붙었지
내가 잘못을 바로잡았던 그때 그 상황만큼 타이트한 건
아니야
난 알아, 그 운이 곧 친절해질 거란 걸

그러니 네 손을 내게 내밀어, 내 여자가 되겠다고 말해줘
글쎄, 공허함은 끝이 없지, 진흙처럼 차갑다네
넌 언제든지 돌아와도 되지만, 완전히 예전처럼 돌아올 순
없어
내가 잘못한 건 딱 한 가지뿐
미시시피에 너무 오래 머물렀네

여름날들

여름날들, 여름밤들은 사라졌네
여름날들, 그리고 여름밤들은 사라졌네
여전히 뭔가가 일어나고 있는 한곳을 난 알고 있지

내겐 언덕 위에 집 한 채가 있어, 죄다 진흙 속에 들어앉은
수퇘지들이 있지
내겐 언덕 위에 집 한 채가 있어, 죄다 진흙 속에 드러누운
수퇘지들이 있지
머리가 긴 여자도 있지, 그녀는 인도 왕족의 혈통이라네

다들 준비해, 술잔을 들고서 노래해
다들 술잔을 들고서 노래할 준비를 하라고
이봐, 난 테이블 위에 서 있어, 왕에게 축배를 제안하고
있다네

이봐, 난 핑크난 캐딜락을 몰고 있어
여자들이 모두 말하길, "당신은 한물간 스타야"
호주머니엔 돈이 가득하고 난 그걸 몽땅 써버리네
어떻게 다른 누굴 사랑한다고 말할 수 있니? 네가 사랑한
사람은 언제나 나였단 걸 알면서 말이야

이봐, 안개가 너무 짙어 넌 앞을 살필 수가 없네
안개가 너무 짙어 앞을 살필 수조차 없어
그건 그렇고 대체 네가 무슨 소용이 있겠어, 웬 늙은

장사꾼에게 맞설 수조차 없다면?

결혼식 종이 울리네, 합창단이 노래를 시작해
그래, 결혼식 종이 울리고 합창단이 노래를 시작하지
낮에는 좋아 보였던 것도, 밤에는 어떨지 알 수 없어

그녀는 내 두 눈을 바라보고 있어, 내 손을 잡고 있네
그녀는 내 두 눈을 바라보고 있어, 내 손을 잡고 있네
그녀는 말해, "넌 과거를 반복할 수 없어" 나는 말하지, "할
수 없다고? 할 수 없다니 무슨 소리야? 당연히 할 수 있지"

넌 어디서 왔니? 어디로 가니?
미안, 그건 네가 전혀 알 필요 없지
글쎄, 난 너무 오랫동안 궁지에 몰려 있었네, 거기 갇혀버린
것만 같아
내 마음에 한번 더 상처주는 게 어때, 그저 행운을 위해서
말이야

내겐 카뷰레터* 여덟 개가 있어, 얘들아, 난 그걸 다 써
이봐, 내겐 카뷰레터 여덟 개가 있어, 그리고 얘들아, 난 그걸
다 쓴다고
가스가 부족하네, 시동이 꺼지기 시작하네

내 개들이 짖고 있어, 주위에 누가 있는 게 분명해

내 개들이 짖고 있어, 주위에 누가 있는 게 분명하다고
난 망치를 내려치고 있는데, 예쁜 그대여, 당최 못이
들어가질 않아

뭔가 할말이 있다면, 말하든지 그냥 잠자코 있어
글쎄, 뭔가 할말이 있다면, 말하든지 그냥 잠자코 있으라고
만일 네가 원하는 게 정보라면, 그건 경찰에게서나 얻을 수
있을 거야

조깅화를 신고 있는 정치인
그는 사무실로 달려가는 게 틀림없어, 허비할 시간이 없지
넌 관대한 천재의 피를 빨아왔어
넌 나를 향해 눈알을 굴려왔지, 날 괴롭혀왔어

신의 강가에 서서, 내 영혼은 흔들리기 시작해
신의 강가에 서서, 내 영혼은 흔들리기 시작하네
내 사랑, 난 네가 숨 돌릴 틈을 줄 거라 믿고 있어

이봐, 아침에 어두운 구름이 걷히자마자 난 떠날 거야
그래, 아침에 어두운 구름이 걷히자마자 난 바로 떠날
거라고
지붕으로 침입할 거야, 작별의 선물로 거기에 불을
질러줘야지

여름날들, 여름밤들은 사라졌네
여름날들, 여름밤들은 사라졌네
여전히 뭔가가 일어나고 있는 한 곳을 난 알고 있지

* 자동차 엔진의 기화기, 혹은 대마초 연기와 공기를 혼합해주는 기구.

외로운 날 블루스

글쎄, 오늘은 흔히 있는 슬프고 외로운 날이었지
그래, 오늘은 흔히 있는 슬프고 외로운 날이었어
난 그저 여기 앉아 생각하네
어디 먼 곳에 정신이 팔린 채

글쎄, 그들이 더블 셔플을 하고 있어, 바닥에 모래를 던지고
있지
그들이 더블 셔플을 하고 있어, 그들은 바닥에 모래를
던지고 있네
내가 오래된 나의 연인을 떠났을 때
그녀는 문 앞에 서 있었어

글쎄, 아빠는 죽어서 날 떠나갔지, 동생은 전쟁에 나갔다가
죽어버렸어
글쎄, 아빠는 죽어서 날 떠나갔지, 동생은 전쟁에 나갔다가
죽어버렸네
내 여동생, 그애는 도망가서 결혼했지
더이상 소식은 들려오지 않았어

서맨사 브라운은 내 집에서 넉 달이나 다섯 달쯤 살았어
서맨사 브라운은 내 집에서 넉 달이나 다섯 달쯤 살았지
그게 딴 사람들에겐 어떻게 보였나 모르겠어
난 그녀와 단 한 번도 잔 적이 없지

길이 깨끗이 씻겼다네, 사람에게도 짐승에게도 어울리지
않는 날씨야
　그래, 길이 깨끗이 씻겼다네, 사람에게도 짐승에게도
어울리지 않는 날씨지
　참 우습지, 네가 가장 헤어지기 힘들어하는 것들이
　네게 가장 필요 없는 것들이라니

　난 방앗간에서 사십 마일 떨어져 있어, 최선을 다하기
시작하지
　난 방앗간에서 사십 마일 떨어져 있어, 최선을 다하기
시작하네
　라디오 주파수를 맞춰놨어
　난 아직 살아 있다고 나 자신에게 말해주고 있다네

　네 연인이 오는 게 보여, 황량한 들판을 지나서 오고 있네
　네 연인이 오는 게 보여, 황량한 들판을 지나서 오고 있지
　그는 전혀 신사가 아니야, 그는 속속들이 썩어빠졌어
　겁쟁이에다 도둑질까지 하지

　글쎄, 내 대장이 훈장을 받았어, 제대로 배운데다
노련하기도 해
　내 대장, 그가 훈장을 받았어, 제대로 배운데다 노련하기도
하지
　그는 감상에 빠지지 않아, 그걸로 전혀 괴로워하지도 않지

그의 동료들이 얼마나 많이 죽임을 당했는데

지난밤, 바람이 속삭였어, 그게 뭔지 이해하려 난 애를 썼고
지난밤, 바람이 뭔가를 속삭였어, 그게 뭔지 이해하려 난
애를 썼고
나 자신에게 말했지, 뭔가가 오고 있다고
하지만 결코 오질 않았어

난 패배자들의 목숨을 살려줄 거야, 군중에게 말할 거야
난 패배자들의 목숨을 살려줄 거야, 애들아, 난 군중에게
말할 거야
정복자들에게 평화를 가르쳐줄 거야
오만한 자들을 길들일 거야

글쎄, 낙엽이 숲에서 바스락거리네, 선반에서 물건들이
쏟아져내리네
낙엽이 숲에서 바스락거리네, 선반에서 물건들이
쏟아져내리네
넌 내 도움이 필요할 거야, 자기
너 혼자서는 사랑을 나누지 못하잖아

잠시 울어

이봐, 난 미스터 골드스미스라는 이름의 남자를 만나러 가야
했어
끔찍하고 추잡하고 배신자에다 남 뒤통수나 치는
사기꾼이었지, 상대하고 싶지 않은 놈이었어
하지만 널 위해 그를 만났고, 넌 그저 내게 웃어주기나
했을 뿐
이봐, 난 너 때문에 울었어, 이제는 네가 잠시 울 차례야

난 무거운 짐은 들지 않아, 난 한순간의 섬광이 아니라고
좋아, 네 생각을 바로잡아주지, 내가 조합원이란 걸
모르겠니?
난 비밀을 누설하고 있잖아, 튀는 행동을 하지 않는다고
이봐, 난 너 때문에 울었어, 이젠 네 차례야, 너도 잠시
울어도 돼

싸움닭이 된 기분이야, 어느 때보다도 기분이 좋아
하지만 펜실베이니아 노선은 끔찍이도 혼란스럽고, 덴버
로드는 녹아버리기 일보 직전이라네
난 교회당에 갔어, 매일매일 난 한층 더 애를 쓰지
이봐, 난 너 때문에 울었어, 이젠 네 차례야, 너도 잠시
울어도 돼

지난밤 골목 맞은편에서 벽을 두들기는 소리가 들렸어
돈 파스콸리가 새벽 두시의 밀회를 즐기려는 게 분명했어

남을 잘 믿는 나 같은 사람의 마음을 아프게 하는 게 너의
방식이었나보다
이봐, 난 너 때문에 울었어, 이제는 네가 잠시 울 차례야

난 밤의 가장자리에 있어, 참을 수 없는 눈물을 간신히
억누르며
어떤 놈들은 인간도 아니야, 그들은 마음도 영혼도 없지
이봐, 난 주님께 울며 호소해, 난 말 잘 듣는 인간이
되려고 해
그래, 난 너 때문에 울었어, 이젠 네 차례야, 너도 잠시
울어도 돼

이봐, 설교단에 목사들이 있어, 구유에는 아기들이 있지
난 네 갈비뼈에 붙은 그 달콤한 비계를 간절히 원해
난 위스키 한 통을 살 거야, 노망이 나기 전에 죽을 거야
이봐, 난 너 때문에 울었어, 이젠 네 차례야, 너도 잠시
울어도 돼

이봐, 넌 마권을 샀어, 그리고 그놈은 엉뚱한 방향으로
달려가버렸지
난 늘 말했어 네가 미안해할 거라고, 오늘이 바로 그날이 될
수도 있겠군
난 아마 좋은 변호사가 한 명 필요할 거야, 내 재판이 네
장례식이 될 수도 있겠어

이봐, 난 너 때문에 울었어, 이젠 네 차례야, 너도 잠시
울어도 돼

말은 필요 없어

오늘밤 내가 신비로운 정원을 걸어나올 때
상처 입은 꽃들이 줄기에 매달려 있었지
나는 저 차갑고 맑은 분수를 지나가고 있었어
누가 날 뒤에서 쳤네

말은 필요 없어, 그저 거닐 뿐
비애로 가득한 이 지긋지긋한 세상을 지나며
마음은 불타올라, 여전히 갈망하네
이 땅 위의 그 누구도 알 수 없을 거야

사람들은 말하지 기도는 우릴 도와주는 힘이 있다고
그러니 날 위해 기도해줘요 어머니
인간의 마음속에는 악령이 깃들 수 있어요
난 이웃들을 사랑하려 하고 남들에게도 잘하려 하죠
하지만 오, 어머니, 일이 잘 풀리지를 않네요

말은 필요 없어, 그저 거닐 뿐
네가 저 다리를 건너기 전에 그걸 불태워버릴 거야
마음은 불타올라, 여전히 갈망하네
네가 일단 자비를 잃고 나면 그들도 더이상의 자비는 베풀지
않을 거야

이제 난 우느라 완전히 지쳐버렸어
내 눈은 눈물로 가득하네, 내 입술은 메말랐어

만일 나의 반대자들이 잠든 걸 발견하기라도 한다면
그들을 그냥 그 자리에서 학살해버릴 테야

말은 필요 없어, 그저 거닐 뿐
불가사의하고도 모호한 세상을 지나며
마음은 불타올라, 여전히 갈망하네
전염병이 창궐하는 도시들을 거닐며

온 세상이 추측으로 난무해
사람들이 말하는 온 세상 전부가 둥글어
그들은 네 정신이 명상의 상태에 머물지 못하게 훼방놓을
거야
네가 쓰러지면 그들은 너의 불운을 비난할 테지

말은 필요 없어, 그저 거닐 뿐
돼지 눈깔 마을에서 돼지 눈깔 지방을 먹으며
마음은 불타올라, 여전히 갈망하네
언젠가 넌 내가 곁에 있음에 기뻐하게 될 거야

그들은 부와 권력으로 널 뭉개버릴 거야
넌 깨어 있는 매 순간 순간마다 부서질 거야
난 덤으로 주어진 마지막 한 시간을 최대한 활용할 거야
아버지의 죽음에 대한 복수를 할 거야, 그러고선 물러날
테지

말은 필요 없어, 그저 거닐 뿐
내게 내 보행용 지팡이를 건네줘
마음은 불타올라, 여전히 갈망하네
널 내 비참한 머릿속에서 끄집어내야만 해

내 모든 충성스럽고 친애하는 동료들
그들은 나를 인정하고 나와 같은 규율을 따르지
나는 버려진 지 오래인 믿음을 실천한다네
이 멀고 외로운 길 위에 제단 따윈 없지

말은 필요 없어, 그저 거닐 뿐
내 노새는 병들었어, 내 말은 눈멀었지
마음은 불타올라, 여전히 갈망하네
남겨두고 온 여자를 생각하고 있어

천국은 환해, 그리고 바퀴는 날듯이 굴러다니지
명성과 명예는 전혀 빛이 바래지 않는 것 같아
불은 꺼졌지만 불빛은 절대 죽지 않네
내가 천국의 도움을 받지 못할 거라고 누가 그랬지?

말은 필요 없어, 그저 거닐 뿐
죽은 자의 방패를 들고서
마음은 불타올라, 여전히 갈망하네

뒤꿈치에 치통을 앓으며 걸어가고 있어

고통은 끝이 없네
구석구석 눈물 없는 곳이 없어
장난치는 게 아니야, 가식 떠는 것도 아니라고
난 더이상 쓸데없는 두려움은 품지 않을 거야

말은 필요 없어, 그저 거닐 뿐
지난밤 이후로 계속 걸어왔어
마음은 불타올라, 여전히 갈망하네
완전히 보이지 않게 될 때까지 걸을 거야

내가 신비로운 정원에서 걸어나올 때
뜨거운 여름날, 뜨거운 여름의 잔디밭 위로
실례합니다, 부인, 지금 뭐라고 하신 건가요
여긴 아무도 없어, 정원사는 사라져버렸네

말은 필요 없어, 그저 거닐 뿐
길을 가, 모퉁이를 돌아서
마음은 불타올라, 여전히 갈망하네
마지막 오지에서, 세상의 끝에서

헉의 선율*

있잖아, 난 혼자 떠돌았어
돌의 사막을 지나
그리고 내 미래의 부인을 꿈꿨지
손에 칼을 들었어
다음 통솔자는 바로 나지
삶이라고도 불리는 이 죽음을 통솔할 자 말이야
나의 접시와 나의 컵은
똑바로 놓여 있어
한 아이의 손에서 장미 한 송이를 빼앗았지
네 입술에 키스하면
꿀이 흘러내려
하지만 난 잠시 널 내려놓아야만 하겠네

매일 우린 만나
오래된 아무 거리에서나
그리고 넌 지금 여자로서 한창 잘나갈 때지
키 작은 사람과 키 큰 사람이
무도회로 가
난 늘 그곳에 가지
모든 나무들 뒤엔
뭔가 볼 게 있거든
강은 폭이 일 마일도 더 돼
난 네게 두 번 수작을 걸었지
넌 친절하게 대해주지 않았어

난 잠시 널 내려놓아야만 하겠네

여기 간호사가 와
지갑 안에 돈을 넣고서
여기 숙녀들과 남자들이 와
넌 전부 다 밀어넣지
그리고 넌 이길 가망이 없네
넌 끝까지 계속하지
난 모래 속에 누워 있어
햇볕에 몸을 태우면서
내가 나가신다, 폼나게 돌아다니지
발끝부터 머리끝까지 말이야
넌 날 뿡가게 해
난 잠시 널 내려놓아야만 하겠네

지나온 세월을 헤아리네
눈물은 흐르지 않아
난 그렇게 됐을지도 모를 일들에 대해 무지하네
자연의 목소리는
내 마음을 기쁘게 해
내게 바람의 격렬한 노래를 들려줘
난 가망 없는 사랑을 발견했네
위층 방에서
태양과 날씨가 온화했을 때 말이야

넌 와인만큼이나 훌륭해
무슨 딴마음 먹고 네게 달콤한 말을 속삭이는 건 아니야
하지만 난 잠시 널 내려놓아야만 하겠네

모든 명랑하고 작은 요정들은
가서 목이나 매라고 그래
나의 믿음은 더없이 차갑지
난 지붕 위로 날아갈 만큼 기분이 좋아
그리고 내게 증거가 없는 것도 아니야
못 믿겠거든 와서 보라고
넌 내가 우울하다고 생각하는군
내 생각도 마찬가지야
내 말에서 속임수는 찾을 수 없을 거야
게임은 구식이 되어버렸어
카드는 바꿔치기당해버렸지
그리고 난 잠시 널 내려놓아야만 하겠네

게임은 구식이 되어버렸어
카드는 바꿔치기당해버렸지
난 잠시 널 내려놓아야만 하겠네

* 포커 게임을 소재로 한 영화 〈Lucky You〉(2006)의 OST 중 하나로, 주인공 '헉'의 이야
기를 담고 있다.

잘 잊는 마음

잘 잊는 마음아
넌 떠올릴 힘을 잃었구나
모든 자잘한 일들을
넌 전혀 기억도 하지 못하네
우리가 알았던 시간들을
누가 너보다 더 잘 기억하겠니

잘 잊는 마음아
우린 웃으며 즐거운 시간을 보냈잖니, 너랑 나랑
정말 오래된 일이지
이제 넌 기꺼이 하루하루를 흘려보내네
네가 거기 있었을 때
바로 넌 내 기도를 듣고 신께서 보내준 응답이었어

잘 잊는 마음아
우린 삶이 줄 수 있는 모든 사랑을 다해 사랑했어
뭐라 말해야 좋을까
너 없이 살아가기가 너무 힘들어
더이상은 안 되겠어
우린 왜 예전처럼 사랑할 수 없는 걸까

잘 잊는 마음아
내 머릿속을 걸어다니는 그림자처럼
밤새도록 내내

난 뜬눈으로 누운 채 고통의 소리에 귀기울여
문은 이제 영영 닫혀버렸네
문이라는 게 정말 있기나 했었다면 말이야

너에 대한 이 꿈

어딘지도 모를 이 카페에 나는 얼마나 오래 머물 수 있을까
밤이 낮으로 바뀌기 전에
나는 왜 이렇게 새벽이 두려운 건지 모르겠어
내가 가진 전부, 그리고 내가 아는 전부는
너에 대한 이 꿈뿐
그게 계속 날 살아가게 해

그런 순간이 있네, 모든 낡은 것들이
다시 새것이 되는 순간이
하지만 그 순간은 벌써 왔다 가버렸는지도 몰라
내가 가진 전부, 그리고 내가 아는 전부는
너에 대한 이 꿈뿐
그게 계속 날 살아가게 해

난 눈길을 돌려, 하지만 계속 보고 있지
믿고 싶지가 않아, 하지만 계속 믿고 있네
벽 위에서 그림자들이 춤을 춰
모든 걸 다 알고 있는 듯한 그림자들이

내가 눈이 멀어 보지 못하는 걸까?
내 마음이 날 속이고 있는 걸까?
이제 관두기엔 너무 늦어버렸어, 친구들도 다들
떠나버렸건만
내가 가진 전부, 그리고 내가 아는 전부는

너에 대한 이 꿈뿐
그게 계속 날 살아가게 해

내가 손대는 모든 게 사라지는 것만 같아
내가 어디를 향하든 넌 늘 이곳에 있네
난 이 짓을 계속할 거야, 이승에서 이 목숨 다할 때까지
마지막 숨을 쉬면서도 이곳을 지킬 거야

어둠의 커튼이 내려진 생기 없는 방에서
하늘에서 떨어지는 별 하나를 봤어
돌아서서 다시 봤지만 이미 사라진 후였지
내가 가진 전부, 그리고 내가 아는 전부는
너에 대한 이 꿈뿐
그게 계속 날 살아가게 해

두케인 휘파람*

저 두케인 휘파람 소릴 좀 들어봐
내 세상을 완전히 쓸어버릴 듯 불어오는 소리를
난 잠시 카본데일에 들렀다 계속 움직일 거야
저 두케인 기차는 날 싣고 밤낮으로 달려줄 거라네

넌 말해, 내가 도박꾼이라고, 넌 말하지, 내가
기둥서방이라고
하지만 난 그중 무엇도 아니야

저 두케인 휘파람 소릴 좀 들어봐
마치 이번이 마지막인 양 달리는 저 소리를

저 두케인 휘파람 소릴 좀 들어봐
마치 한 번도 불어본 적 없다는 듯 불어오는 그녀의 소리를
푸른빛이 깜박여, 붉은빛이 타올라
마치 내 방문 앞에 있는 듯 그녀가 불어오네

넌 담장 너머로 날 향해 미소 지어
마치 전에도 늘 웃었다는 듯이

저 두케인 휘파람 소릴 좀 들어봐
더는 불지 않을 듯이 불어오는 그녀의 소리를

저 두케인 휘파람 소릴 좀 들어보지 않겠니

하늘을 박살낼 듯이 불어오는 소리를
살아 있는 것들 중 오직 너만이 계속 날 살아 있게 하네
넌 내 심장에 달린 시한폭탄 같아

부드럽게 날 부르는 달콤한 목소리가 들려
우리 주님의 어머니가 틀림없어

저 두케인 휘파람 소릴 좀 들어봐
승선한 내 여자처럼 불어대는 소리를

저 두케인 휘파람 소릴 좀 들어봐
내 슬픔을 다 날려보내줄 듯이 불어오는 소리를
이런 늙은 악당 같으니, 난 네가 가는 곳을 똑똑히 알고 있지
동이 틀 무렵, 내가 그곳으로 널 직접 데려다줄 거야

매일 아침 난 침대에서 저 여자와 함께 일어나
모두들 내가 그녀에게 빠져버렸다고 하네

저 두케인 휘파람 소릴 좀 들어봐
날 완전히 죽여버릴 듯이 불어오는 소리를

저 두케인 휘파람 소릴 좀 들어보지 않겠니
쓸모없는 또다른 마을로 불어오는 소리를
내 고국의 빛이 붉게 타오르고 있어

다음번에도 그들이 날 알아볼는지 모르겠네

저 오래된 떡갈나무가 여전히 서 있을지 모르겠네
저 오래된 떡갈나무, 우리 같이 오르곤 했던 저 나무가

저 두케인 휘파람 소릴 좀 들어봐
딱 제시간에 맞췄다는 듯이 불어오는 그녀의 소리를

* 미국 펜실베이니아주 두케인에 있는 세계 최대 용광로 도러시 식스의 별칭.

내면의 리얼리즘

서대경(시인)

밥 딜런 시선집 2『하루 더 많은 아침』은 밥 딜런 일생의 노랫말을 집대성한『밥 딜런: 시가 된 노래들 1961-2012』(2016) 가운데 삶의 비애, 그리고 그러한 삶의 계속됨에 대해 노래한 56편의 작품을 골라 엮은 것이다. 어찌 보면 밥 딜런이라는 음유시인의 내면 풍경에 가장 가까이 닿아 있는, 그의 정신의 속살을 느낄 수 있는 시들이다.

밥 딜런은 떠도는 자, '오랫동안 떠나 돌아가지 않으리'를 자신의 묘비명으로 삼고자 하는 자다. 그는 삶의 본질이 '흘러감'에 있음을 알고 있는 시인이다. 그는 안주하는 삶을 견디지 못한다. 생생한 삶, 진정으로 살아 있고자 하는 갈망이야말로 그의 시를 이끄는 근원적인 동력인 것이다.

하지만 생생한 삶, 진정으로 살아 있는 삶이란 또한 얼마나 두렵고도 고통스러운 삶인가? 우리는 자유를 꿈꾸며 동시에 자유로부터 도피하고자 한다. 머물러 있고자 하고, 잠들고자 한다. 생생한 삶이란 어디에도 기댈 곳 없는 삶, 매순간 죽음과 마주하는 삶이기 때문이다. 하여 우리의 내면은 살아 있고자 하는 욕망과 살아 있음을 잊고자 하는 욕망으로 찢겨 있다. 밥 딜런의 시는 이러한 찢긴 내면의 풍경을 정직하게 응시한다. 그가 그려내는 수많은 이별들, 관계의 파탄들, 정처 없이 떠도는 밑바닥 인생들의 쓸쓸한 욕망의 무늬들은 그대로 우리 내면의 아픈 단면들이다. 딜런의 언어실험은 '내면의 리얼리즘'을 겨냥한다. 그의 언어가 갖는 호소력은 이 지점에서 비롯한다. 그의 시가 보여주는 현란한 기교들, 생동하는 입말과 분출하는 이미지, 언어적 중의성을 이용한 수많은 언어유희들, 다성성(多聲性), 초현실주의적 기법들, 무의식의 흐름을 드러내는 모호하고 다층적인 진술들은 현대인의 분열된 의식의 실체를 성공적으로 형상화해내고 있다.

　시의 아름다움은 기교 자체에 있지 않을 것이다. 우리가 시에서 느끼는 감동은 그것이 드러내는 삶의 광채, 살아 있음의 생생한 진동에서 비롯하는 것이다. 시인 이상은 "절망이 기교를 낳"는다고 썼다. 이제 우리는 밥 딜런의 시에서 삶에 대한 사랑이 기교를 낳는 경우를 본다. 밥 딜런의 시는 삶이 잔혹하다는 것을 보여준다. 또한 삶은 눈부시고 황홀하다는 것을. 우리가 진정으로 살아 있고자 할 때, 삶은 매순간 생생한 고통으로, 기쁨으로 반짝일 것이라는 것을. 하여 끝끝내 우리는 이 삶을 사랑할 수밖에 없다는 것을.

뉴욕 토킹블루스
우디에게 바치는 노래
불쌍한 소년의 블루스
오랫동안 떠나 돌아가지 않으리
홀리스 브라운의 발라드
하루 더 많은 아침
스페인산 가죽 부츠
난 잘하고 있는 것 같아
다시 길 위로
이젠 다 끝났어, 베이비 블루
사랑은 단지 네 글자로 된 단어일 뿐
요해나의 환영들
더없이 달콤한 마리
로랜드의 슬픈 눈 여인
창문에 쓰인 글자
운명의 단순한 장난
멍청이 바람
릴리, 로즈메리, 그리고 하트의 잭
상황이 변했다

턴테이블 시론 2: 일상을 이야기하는 시

황유원(시인)

이것은 손으로 넘기는 시집이 아니라 (어디까지나 비유적으로) 턴테이블 위를 빙빙 돌아가는 말과 소리의 향연이다. 분명 요즘 시대에 희귀하고도 귀한 것이다. 밥 딜런의 노래는 다른 가수들의 그것과는 다른데, 무엇보다 가사의 높은 문학적 수준에서 그러하다. 또한 밥 딜런의 가사는 다른 시인들의 시와도 다른데, 무엇보다 빼어난 노래로서 그것이 지닌 파급력에서 그러하다. 나는 밥 딜런의 앨범들을 '턴테이블 시집'으로 본다.

(밥 딜런 시선집 1 『다시 찾은 61번 고속도로』에 이어) 턴테이블 시의 두번째 특징은 가수가 곧 이야기의 화자가 된다는 것이다. 그가 들려주는 가사는 지극히 '이야기' 중심이다. 특히 단조로운 멜로디로 된 가사를 코러스도 없이 계속해서 빠르게 중얼거리는 노래들은 특히나 노래가 아닌 그 이상의 무엇이라는 생각이 들게 만든다. 그리고 정확히 이 지점에서 밥 딜런은 다른 가수들과 차별화된다. 이는 딜런이 그 명성에 비해 (특히 비영어권 국가에서) 유명해질 수 없는 이유와도 직결된다. 보통 가사를 모르더라도 외국어 노래를 즐길 수 있는 건 그것이 어디까지나 '멜로디' 중심이기 때문이다. 딜런의 노래는 그렇지 않다. 때로 그는 가수라기보다 이야기를 노래하는 이야기꾼처럼 보이기까지 한다. 그러므로 지금 이 턴테이블 위에서 돌아가는 것은 음반일 뿐만 아니라 오디오북이기도 하다. 그것도 여

러 의미에서 최고 수준의 오디오북. 이 책 『하루 더 많은 아침』
에 수록된 곡 중 특히 「로랜드의 슬픈 눈 여인」과 「폐허의 거리」
(그리고 『다시 찾은 61번 고속도로』에 실린 무려 16분 31초에
이르는 「하이랜즈」와 『불어오는 바람 속에』에 실린 13분 55초의
「폭풍우」) 등은 모두 11분이 넘는데, 구조상 극적인 순간 없이
덤덤히 이어지는 가사는 말 그대로 오디오북을 방불케 한다.

　이야기 속 화자가 되기 위해 가수는 연기를 한다. 그는 주변
의 영향을 강하게 받으며 그(것)들과 쉽게 동화되는데, 이는
그가 아주 어렸을 때 이사 갔던 집을 회상하는 이야기에서도
잘 드러난다. "거기엔 커다란 마호가니 라디오가 있었어요. 제
일 위에는 78회전 턴테이블이 있었죠. 어느 날 윗부분을 여니
까 안에 컨트리 레코드가 있었어요. 〈해안에서 너무 멀리 떨어
진 곳을 표류하고 있구나〉라는 노래였죠. 그 레코드를 듣고 있
자니 마치 다른 사람이 된 것 같았어요. 그러니까, 내가 엉뚱
한 부모 밑에서 태어나버렸다는 생각마저 들었죠." 그는 점점
원래 있던 해안에서 멀어지기 시작했고, 이름마저 계속해서 바
꾼다. 『밥 딜런 자서전』에 따르면, 집을 떠나자마자 자신을 로
버트 앨런(Robert Allen)으로 부르려 했다. 그 이름이 지닌 스
코틀랜드 왕 같은 느낌이 자신에게 어울렸다는 이유로. 하지만
잡지에서 우연히 데이비드 앨런(David Allyn)이란 뮤지션의 이
름을 본 후, Allen을 보다 이국적으로 들리게 하기 위해 Allyn
으로 바꾼 것이 아닐까라는 생각을 하게 되고, 그후 또 우연히
딜런 토머스(Dylan Thomas)의 시를 몇 편 읽게 된다. Allyn과
Dylan은 비슷하게 들렸다. 고심 끝에 그는 사람들이 자신을 부

르던 이름 바비(Bobby)에서 따온 '밥'과 '딜런'을 합쳐 '밥 딜런'이라는 이름을 만들어낸다. 로버트 지머먼이 만들어낸 또다른 화자가 탄생한 것이다.

곧 성공 가도를 달리게 된 이 화자는 자신의 지난 이십 년간의 삶을 다시 쓰기 시작한다. 그는 데뷔 앨범의 프로모션 자료로 쓸 자신의 경력을 말하는 자리에서 "빵집 트럭 운전사, 건설현장 인부 등 여러 직업을 전전해왔으며 전국을 떠돌아다녔다"고 말한다. 열두 살 때 시카고 교외에서 유랑가수 빅 조 윌리엄스(Big Joe Williams)를 만나 블루스를 배웠다고도 했다. (더 가관인 것은 빅 조 윌리엄스가 여섯 살의 밥 딜런을 시카고에서 만났다고 주장한 것이다!) 심지어 서커스단에 들어가서 유랑생활을 했다고도 했는데, 그의 이 주장은 실제로 이후 수년간 진짜로 여겨진다. 심지어 그가 최초로 진지하게 만났던 연인 수즈 로톨로(Suze Rotolo)는 딜런이 그녀에게조차 본명을 숨겼다는 사실을 알고는 크게 상심하기도 한다. 입만 열면 거짓말. 그의 모든 것이 꾸며낸 이야기투성이였다.

그러나 이야기꾼에게 가장 중요한 건 이야기를 계속 이어나가는 것이고 청자를 자기 앞에 꼭 묶어두는 일이다. 이야기꾼은 한 사람인 동시에 여러 사람이다. 딜런이 노래로 들려주는 이야기에서 그는 이야기의 화자인 동시에 심지어 그 속에 등장하는 한 명의 캐릭터에 불과하다는 느낌마저 풍길 정도로 가장에 능하다.

이 책에는 딜런의 이야기들 중에서 일상을 노래한 내용들이 대거 담겨 있다. 사실 그는 전방위적인 인간이어서, 전반적으로 보면 일상과 비일상을 따로 구분하고 있다는 느낌은 강하게 들지 않는다. 하지만 앞선 글에서 말했다시피 앨범 《밥 딜런의 또 다른 면》(1964)을 기점으로 개인적 목소리가 강해졌으며, 특정 몇몇 작품들에서는 개인적 이야기를 매우 디테일한 차원까지 들려주고 있는 것 또한 사실이다. 물론 그는 그럴 때조차도 특유의 예언자적 목소리를 잊지 않는데, 이것이 그의 소위 '사랑 노래'를 다른 가수들의 그것과는 판이하게 다른 것으로 만들어주는 비결이기도 하다. 「소박한 D장조 발라드」를 보라. 자신의 연인이었던 수즈와 있었던 사건의 전말을 비교적 상세히 담고 있는 이 곡에서 그는 수즈와 그녀의 가족들, 심지어 자기 자신까지 포함한 모두를 비판의 대상으로 삼고 있으며, 노래의 결말 또한 더 큰 주제, 즉 진정한 자유의 어려움을 토로하는 데까지 나아가고 있다. "아, 감옥의 내 친구들, 그들이 내게 묻지/"자유로워져서 기분이 얼마나, 얼마나 좋아?"/그러면 난 정말이지 수수께끼 같은 대답을 던져주네/"새들이 하늘 길의 사슬로부터 자유로울까?""

시니컬한 목소리 또한 사회비판적 가사를 읊조릴 때보다 더하면 더했지 전혀 덜하지 않다. 「너무 깊이 생각하지 마, 괜찮아」에서는 "더 잘할 수도 있었겠지, 하지만 난 상관없어/너 때문에 그저 내 소중한 시간을 좀 낭비해버린 것 같네"라며 날을 세우고, 「그대여, 나는 아니야」에서는 "넌 누군가를 찾는다고 말해 (…) 네가 옳든 그르든/너를 보호하고 변호해줄 사람을 (…) 하지만 나는 아니야, 그대여 (…) 난 네가 찾고 있는 그런 사람이 아니야"라고 말하며 무조건적인 사랑을 비웃는다. 심지어 시종일관 비아냥거림이 이어지는 「분명 4번가」에서는 "아냐, 네가 껴안고 있는 그 고통을 볼 때면/그렇게 기분이 좋지가 않아/내가 도둑질의 달인이라면/차라리 그 고통을 훔쳐줄 텐데"라고 말하며 너스레를 떤다. 개인에 대한 이러한 비아냥거림은 그 대상을 좀더 큰 것으로 옮겨갈 때 이런 목소리를 내기도 한다. "흑과 백을 쉽게 구분했던 것만큼이나/옳고 그름도 아주 손쉽게 구분했었지"(「밥 딜런의 꿈」 중에서), "세상의 모든 진실을 합하면 하나의 커다란 거짓말이 되지"(「상황이 변했다」 중에서).

그렇다고 해서 그가 시종일관 진지한 이야기만을 들려주는 것은 아니다. 같은 노래에 등장하는 "일어날 것 없소 신사 양반들, 단지 지나가려는 것뿐이니" "마주치는 첫 여자와 사랑에 빠지고 싶어/그녀를 손수레에 태우고 거리를 달리고 싶어"에서 느껴지는 쓸쓸함과 사랑스러움은 또 어떤가? 다시 말하지만, 그는 한쪽 편에 가만히 머물지 않는다. 「미시시피」에서도 "공허함은 끝이 없지, 진흙처럼 차갑다네"라고 말하면서도 "나와 함께 항해해온 모든 이들에게 난 애정 말곤 가진 게 없네"라며 따뜻한 동료애를 진심으로 소중히 여기는 모습을 보여주고 있다.

이 책의 마지막 수록곡이자 비교적 최근인 2012년 앨범 《폭풍우》의 첫번째 트랙인 「두케인 휘파람」은 "내 슬픔을 다 날려보내줄 듯이 불어오는 소리"라는 노랫말만큼이나 흥겹다. 유튜브에 업로드된 이 노래의 뮤직비디오에 달린 댓글 중에 이런 것이 있었다. "그냥 집에 있기로 결정한 비 오는 토요일 밤에 파자마를 입은 채 혼자 멋진 저녁식사를 하면서 춤추고 싶게 만드는 노래 :D"(Rebecca Monroe). 이 노래를 듣는 누구라도 이와 비슷한 기분을 느낄 수밖에 없을 것인데, 그러고 보니 딜런은 스스로를 가수로 생각하느냐 시인으로 생각하느냐는 기자의 질문에, "노래하고 춤추는 사람(a song-and-dance man)"으로 생각한다고 장난스레 말한 적이 있다. 진지함과는 거리가 먼 이 여유와 유쾌함 또한 자신의 자리를 지키며 빙글빙글 돌아가는 턴테이블 시인의 것이다.

그는 대체로 삶이 다면체라는 사실을 잊지 않으려 한다. 일상의 가장 큰 특징은 반복일 텐데, 공교롭게도 그의 많은 노래들 역시 단순한 멜로디와 코드의 반복으로 이루어져 있다. 그리고 그가 만들어내는 반복은 말의 리듬과 그것이 지닌 풍요로운 의미들의 증폭에 힘입어 점점 신비한 주문 비슷한 것으로 변해가면서, 듣는 이로 하여금 일상의 신비로움을 잊지 않게 해준다.

(밥 딜런 시선집 3 『불어오는 바람 속에』에 계속)

| 작품별 저작권 |

검은 까마귀 블루스Black Crow Blues Copyright © 1964 Warner Bros.
Inc.; renewed 1992 Special Rider Music

고속도로를 따라Down the Highway Copyright © 1963, 1967 by Warner
Bros. Inc.; renewed 1991, 1995 by Special Rider Music

그대여, 나는 아니야It Ain't Me, Babe Copyright © 1964 by Warner
Bros. Inc.; renewed 1992 by Special Rider Music

난 잘하고 있는 것 같아Guess I'm Doin' Fine Copyright © 1964, 1966 by
Warner Bros. Inc.; renewed 1992, 1994 by Special Rider Music

너를 믿지 않아(그녀는 우리가 한 번도 만난 적 없다는 듯이 구네)I Don't Believe
You(She Acts Like We Never Have Met) Copyright © 1964 by Warner Bros.
Inc.; renewed 1992 by Special Rider Music

너무 깊이 생각하지 마, 괜찮아Don't Think Twice, It's All Right Copyright
© 1963 by Warner Bros. Inc.; renewed 1991 by Special Rider Music

너에 대한 이 꿈This Dream of You Copyright © 2009 Special Rider
Music

너의 뭔가가Something There Is About You Copyright © 1973 by Ram's
Horn Music; renewed 2001 by Ram's Horn Music

뉴욕 토킹블루스Talking New York Copyright © 1962, 1965 by Duchess
Music Corporation; renewed 1990, 1993 by MCA

다시 길 위로On the Road Again Copyright © 1965 by Warner Bros. Inc.;
renewed 1993 by Special Rider Music

더없이 달콤한 마리Absolutely Sweet Marie Copyright © 1966 by Dwarf
Music; renewed 1994 by Dwarf Music

두케인 휘파람Duquesne Whistle (with Robert Hunter) Copyright © 2012

Special Rider Music and Ice Nine Publishing

때맞춰 태어나Born in Time Copyright © 1990 by Special Rider Music

로랜드의 슬픈 눈 여인Sad-Eyed Lady of the Lowlands Copyright © 1966 by Dwarf Music; renewed 1994 by Dwarf Music

릴리, 로즈메리, 그리고 하트의 잭Lily, Rosemary and the Jack of Hearts Copyright © 1974 by Ram's Horn Music; renewed 2002 by Ram's Horn Music

말은 필요 없어Ain't Talkin' Copyright © 2006 Special Rider Music

멍청이 바람Idiot Wind Copyright © 1974 by Ram's Horn Music; renewed 2002 by Ram's Horn Music

묘비 블루스Tombstone Blues Copyright © 1965 by Warner Bros. Inc.; renewed 1993 by Special Rider Music

문 열어, 호머Open the Door, Homer Copyright © 1968, 1975 by Dwarf Music; renewed 1996 by Dwarf Music

미시시피Mississippi Copyright © 1996 by Special Rider Music

밥 딜런의 꿈Bob Dylan's Dream Copyright © 1963, 1964 by Warner Bros. Inc.; renewed 1991, 1992 by Special Rider Music

북쪽 나라의 소녀Girl of the North Country Copyright © 1963 by Warner Bros. Inc.; renewed 1991 by Special Rider Music

분노의 눈물Tears of Rage (with Richard Manuel) Copyright © 1968 by Dwarf Music; renewed 1996 by Dwarf Music

분명 4번가Positively 4th Street Copyright © 1965 by Warner Bros. Inc.; renewed 1993 by Special Rider Music

불쌍한 소년의 블루스Poor Boy Blues Copyright © 1962, 1965 by Duchess Music Corporation; renewed 1990, 1993 by MCA

뷰익 6에서From a Buick 6 Copyright © 1965 by Warner Bros. Inc.; renewed 1993 by Special Rider Music

사랑은 단지 네 글자로 된 단어일 뿐Love Is Just a Four Letter Word Copyright © 1967 by Warner Bros. Inc.; renewed 1995 by Special Rider Music

삶이 고달픈 엄마Tough Mama Copyright © 1973 by Ram's Horn Music; renewed 2001 by Ram's Horn Music

상황이 변했다Things Have Changed Copyright © 1999 by Special Rider Music

세라Sara Copyright © 1975, 1976 by Ram's Horn Music; renewed 2003, 2004 by Ram's Horn Music

소박한 D장조 발라드Ballad in Plain D Copyright © 1964 by Warner Bros. Inc.; renewed 1992 by Special Rider Music

스페인산 가죽 부츠Boots of Spanish Leather Copyright ©1963, 1964 by Warner Bros. Inc.; renewed 1991, 1992 by Special Rider Music

아이시스Isis (with Jacques Levy) Copyright © 1975 by Ram's Horn Music; renewed 2003 by Ram's Horn Music

어렴풋한 금빛Golden Loom Copyright © 1975 by Ram's Horn Music; renewed 2003 by Ram's Horn Music

여름날들Summer Days Copyright © 2001 by Special Rider Music

오랫동안 떠나 돌아가지 않으리Long Time Gone Copyright © 1963, 1968 by Warner Bros. Inc.; renewed 1991, 1996 by Special Rider Music

외로운 날 블루스Lonesome Day Blues Copyright ⓒ 2001 by Special Rider Music

요해나의 환영들Visions of Johanna Copyright ⓒ 1966 by Dwarf Music; renewed 1994 by Dwarf Music

우디에게 바치는 노래Song to Woody Copyright ⓒ 1962, 1965 by Duchess Music Corporation; renewed 1990, 1993 by MCA

운명의 단순한 장난Simple Twist of Fate Copyright ⓒ 1974 by Ram's Horn Music; renewed 2002 by Ram's Horn Music

웃는 건 힘들지만, 우는 건 기차 한 번만 타면 돼It Takes a Lot to Laugh, It Takes a Train to Cry Copyright ⓒ 1965 by Warner Bros. Inc.; renewed 1993 by Special Rider Music

음유시인 소년Minstrel Boy Copyright ⓒ 1970 by Big Sky Music; renewed 1998 by Big Sky Music

이젠 다 끝났어, 베이비 블루It's All Over Now, Baby Blue Copyright ⓒ 1965 by Warner Bros. Inc.; renewed 1993 by Special Rider Music

잘 잊는 마음Forgetful Heart (with Robert Hunter) Copyright ⓒ 2009 Special Rider Music and Ice Nine Publishing

잠시 울어Cry a While Copyright ⓒ 2001 by Special Rider Music

잡동사니들Odds and Ends Copyright ⓒ 1969 by Dwarf Music; renewed 1997 by Dwarf Music

장송곡Dirge Copyright ⓒ 1973 by Ram's Horn Music; renewed 2001 by Ram's Horn Music

창문에 쓰인 글자Sign on the Window Copyright ⓒ 1970 by Big Sky Music; renewed 1998 by Big Sky Music

커피 한 잔 더(골짜기 아래로)One More Cup of Coffee(Valley Below) Copyright © 1975, 1976 by Ram's Horn Music; renewed 2003, 2004 by Ram's Horn Music

폐허의 거리Desolation Row Copyright © 1965 by Warner Bros. Inc.; renewed 1993 by Special Rider Music

하늘에서 밤이 내릴 때When the Night Comes Falling from the Sky Copyright © 1985 by Special Rider Music

하루 더 많은 아침One Too Many Mornings Copyright © 1964, 1966 by Warner Bros. Inc.; renewed 1992, 1994 by Special Rider Music

헉의 선율Huck's Tune Copyright © 2007 Special Rider Music

헨리에게 말하지 마Don't Ya Tell Henry Copyright © 1971 by Dwarf Music; renewed 1999 by Dwarf Music

홀리스 브라운의 발라드Ballad of Hollis Brown Copyright © 1963 by Warner Bros. Inc.; renewed 1991 by Special Rider Music

홍수 속에서Down in the Flood Copyright © 1967 by Dwarf Music; renewed 1995 by Dwarf Music

옮긴이 **서대경**

한양대학교 영어영문학과를 졸업했다. 2004년 『시와세계』로 등단해 시인이자 번역가
로 활동하고 있다. 시집 『백치는 대기를 느낀다』로 제20회 김준성문학상을 수상했다.
옮긴 책으로 『등에』 『창세기 비밀』 등이 있다.

옮긴이 **황유원**

서강대학교 종교학과와 철학과를 졸업했으며 동국대학교 대학원 인도철학과 박사과정
을 수료했다. 2013년 『문학동네』 신인상으로 등단해 시인이자 번역가로 활동하고 있다.
시집 『세상의 모든 최대화』로 제34회 김수영문학상을 수상했다. 옮긴 책으로 밥 딜런
그림책 『그 이름 누가 다 지어 줬을까』 『불어오는 바람 속에』가 있다.

밥 딜런 시선집 2

하루 더 많은 아침

초판인쇄 2017년 11월 1일 | 초판발행 2017년 11월 13일

지은이 밥 딜런 | 옮긴이 서대경 황유원 | 펴낸이 염현숙
책임편집 고선향 | 편집 이현정
번역자문 제이크 르빈
디자인 김현우 유현아 | 저작권 한문숙 김지영
마케팅 방미연 함유지 강하린 | 홍보 김희숙 김상만 이천희
제작 강신은 김동욱 임현식 | 제작처 영신사

펴낸곳 (주)문학동네
출판등록 1993년 10월 22일 제406-2003-000045호
주소 10881 경기도 파주시 회동길 210
전자우편 editor@munhak.com
대표전화 031) 955-8888 | 팩스 031) 955-8855
문의전화 031) 955-8889(마케팅) 031) 955-1917(편집)
문학동네카페 http://cafe.naver.com/mhdn | 트위터 @munhakdongne

ISBN 978-89-546-4877-6 04840
        978-89-546-4875-2 (세트)

www.munhak.com

밥 딜런: 시가 된 노래들 1961-2012 | 영한대역 특별판(양장)
서대경·황유원 옮김

2016년 노벨문학상이 가수 밥 딜런에게 돌아갔다. 음악이라는 분야 안에서 뛰어난 문학성을 실현해냈다는 평가와 함께 사상 최초로 음악가에게 상이 수여됐다. 그의 작품을 집대성한 이 책에는 데뷔 앨범 《밥 딜런Bob Dylan》(1962)에서 《폭풍우Tempest》(2012)까지 31개 정규 앨범에 수록된 작사곡 전곡과, 활동 초창기에 썼거나 정규 앨범에 수록되지 않았던 99곡까지 포함해 총 387곡이 실려 있다. 독보적으로 구축해온 밥 딜런의 세계를 만날 수 있는 유일하고 결정적인 작품집이다.

25세의 청년 밥 딜런을 만나다
타란툴라

공진호 옮김

음악계의 전설 밥 딜런이 쓴 단 하나의 픽션
의식의 흐름 기법으로 쓰인 시적 산문과 가사의 조합

"사실 인생은 읽을거리에 지나지 않는다
& 담배에 불을 붙일 무엇에 지나지 않는다⋯⋯"

"세상은 잠시도 멈추지 않았다─다만 폭발했을 뿐"

"그러나 세상은 어쨌든 음악을 듣지 않는 자들이 지배한다"

"이런 바보! 그래서 네가 혁명을 하려는 거구나!"

초판 출간 당시 "윌리엄 버로스의 『벌거벗은 점심』과 유일하게 비견할 만한 책"(뉴욕타임스)이라 평가받으며 화제의 중심에 섰던 『타란툴라』는 밥 딜런의 첫 '문학 작품'이자 유일한 픽션이다. 시적 산문과 노랫말이 조합된 이 실험적 소설은 밥 딜런을 '거리의 음유시인'이게 한 수많은 노랫말이 탄생하기까지 그의 머릿속 생각을 여과 없이 옮겨놓은 상상의 보고이자 수많은 페르소나의 각축장이며, 베트남 전쟁과 인권운동, 창조적 갈등의 소용돌이 속에서 환상을 보는 초현실주의적 서사시의 콜라주다. 시기적으로는 그의 포크록 3부작을 탄생시킨 작업 시기와 집필 시기가 겹쳐, 밥 딜런 명곡들의 흔적이 곳곳에 배어 있다. 그의 '창작 과정'에 관심 있는 이들에게는 갈증을 해소시켜주는 책이 될 것이다.